天下龍文 青少年百科系列丛书●素质教育文库
QING SHAO NIAN BAI KE XI LIE CONG SHU ● SU ZHI JIAO YU WEN KU

U1003339

主编◎郭漫

唐诗宋词三百首

Tang Shi Song Ci San Bai Shou

唐诗、宋词是两朵并蒂绽放于世界文学巅峰之上的艺术奇葩，
也是我国传统文化中的珍贵遗产。
咀嚼传统，
领略诗词中的意境，
对于青少年开阔视野、陶冶情操颇多助益。

航空工业出版社
北京

Qian yan 前言

唐诗、宋词是我国古代文学中两朵并蒂绽放于世界文学巅峰之上的艺术奇葩，是中华文化的重要组成部分。传承和开拓唐诗、宋词这两块瑰丽珍宝的精髓与魅力，是每一个中国人不可推卸的义务和责任。

一首首脍炙人口、荡气回肠的唐诗，一阙阙缠绵婉约、慷慨激昂的宋词，千百年来，一代代人读后无不为其独特的语言艺术与意境所打动。

欣赏先人为我们遗留下的那一幅幅完美的人文艺术图画，我们可以领略到李白“对影成三人”中寂寞孤独而又不乏激情浪漫的诗人情怀，可以领略到“黄河之水天上来”的大气磅礴和令人称奇而又难以逾越的大胆想象。其中，有李清照“寻寻觅觅，冷冷清清，凄凄惨惨戚戚”，独伴斜风细雨无人倾诉的人间清苦，更有柳永“今宵酒醒何处”的温婉缠绵。这就是唐诗、宋词的无穷艺术魅力，这就是魅力无穷的唐诗、宋词。

本书针对广大青少年读者的阅读特点和实际需要，精挑细选了在当今仍然极具艺术价值和符合时代思想的三百余首唐诗、宋词，并且借鉴和吸纳了多种选本的精华，力争做到通俗易懂、言简意赅而又不失原诗的语言意境和艺术风格。

由于本书选材内容广泛，并且唐诗、宋词所作的时代久远的原因，个别诗词语句不免艰深生涩。为解决读者朋友们对整体语意不能充分理解的缺憾，以更好地吸收其中的艺术营养，本书特地安排了“文意解读”，让不了解古诗词的朋友，找到一条快速而方便的学习捷径。同时书中还插入了作者简介，这无疑会帮助青少年读者加深对诗人、词人的了解，增加对古诗词的兴趣。

在这里漫游，就仿佛置身于时光隧道之中，可以形象地再现历史面貌，体味古人的深情，享受古诗词韵律的美妙，感受其优美芬芳的人文情怀。

目录 MULU

第1章 唐诗

目录 CONTENTS

目录 CONTENTS

第2章 宋词

第1章 唐诗

唐诗是我国古代诗歌艺术的高峰，
它意境优美，
韵律和谐，
是我国优秀的文学遗产之一，
也是全世界文学宝库中的一颗璀璨的明珠。
古语有“熟读唐诗三百首，不会作诗也会吟”之说。
咀嚼传统，
解读古人身上所携带的文化基因，
领略唐诗中的意境，
对于青少年朋友开阔视野、陶冶情操颇多助益。

与大家晤面 王绩

（约公元589年—公元644年）

唐代诗人。字无功，号东皋子，绛州龙门（今山西河津）人。其诗多写饮酒及隐逸田园之趣，赞美嵇康、阮籍和陶潜，嘲讽周、孔礼教，以抒怀才不遇之苦闷。

王绩—野望

东皋薄暮望，徙倚欲何依。
树树皆秋色，山山惟落晖。
牧人驱犊返，猎马带禽归。
相顾无相识，长歌怀采薇。

文意解读

黄昏时分，我站在东皋村头向四处眺望，茫然徘徊无处可去。每一棵树都凋谢枯黄，每一座山峰都洒满着落日的余晖。牧人正赶着小牛回家，猎人骑着骏马带回猎物。这些人我并不认识，心情郁闷，于是高歌《诗经》中“采薇采薇”的诗句。

特别注释

①东皋：诗人隐居的地方，在今山西河津东皋村。
②薄暮：傍晚，日将落时。
③徙倚：徘徊，逡巡。
④犊：小牛。
⑤采薇：比喻隐居不仕。

骆宾王 — 咏鹅

鹅，鹅，鹅，曲项向天歌。
白毛浮绿水，红掌拨清波。

特别注释

①项：颈的后部。这里指脖子。
②歌：歌唱，这里指鹅叫。
③浮：漂浮，游泳。
④红掌：鹅掌。
⑤拨清波：划水。

文意解读

鹅呀鹅，你弯曲着脖颈仰天高歌，姿态是那么的优雅。白色的羽毛漂浮在绿色的水面上，红色的鹅掌尽情嬉戏，拨弄着清清的水波。

与大家晤面 骆宾王

(约公元638年—?)

唐代文学家。婺州义乌（今属浙江）人。与王勃、杨炯、卢照邻以诗文齐名，并称“初唐四杰”。其诗以七言歌行见长，多悲愤之词。

骆宾王 — 在狱咏蝉

西陆蝉声唱，南冠客思深。
不堪玄鬓影，来对白头吟。
露重飞难进，风多响易沉。
无人信高洁，谁为表予心？

特别注释

①西陆：秋天。
②南冠：代指囚禁中。
③玄鬓：蝉翼。
④白头：白发人。指作者自己。
⑤吟：指蝉鸣。
⑥予：我。

文意解读

秋天蝉声长鸣，作为囚徒的我更加思念家乡。哪里还能经得起它对着我鸣叫。秋天的露水浓重，蝉很难展翼高飞，风声轻易地就把它的鸣唱掩盖住了。没有人相信蝉能居高食洁，又有谁能替我表述内心的冤屈。

与大家晤面 杜审言

(约公元645年—公元708年)

唐代诗人。字必简，祖籍襄阳（今属湖北）人，后迁居河南巩县（今巩义）。是大诗人杜甫的祖父，少时与李峤、崔融、苏味道齐名，称“文章四友”。晚年和沈佺期、宋之问相唱和。他们都大力创作律诗，是唐代“近体诗”的奠基人。

杜审言｜和晋陵陆丞早春游望

独有宦游人，偏惊物候新。
云霞出海曙，梅柳渡江春。
淑气催黄鸟，晴光转绿蘋。
忽闻歌古调，归思欲沾巾。

特别注释

①物候：自然界的现象变化反映出季节的不同叫物候。

②淑气：指温和的春气。

文意解读

唯有旅居外地的人，才会对季节变化特别吃惊。云霞从海面升起，一片曙光；春风吹过，梅花盛开、柳枝发芽。温和的春气催使黄莺早早地鸣叫，晴朗的阳光下蘋草越来越绿。忽然听到你唱起古老的曲调，想回家的念头使流下的热泪打湿了佩巾。

杜审言｜送崔融

君王行出将，书记远从征。
祖帐连河阙，军麾动洛城。
旌旗朝朔气，笳吹夜边声。
坐觉烟尘扫，秋风古北平。

特别注释

①出将：皇帝命将出师。

②祖帐：为人饯行而设的帷帐。

③军麾：军中指挥用的旗子，这里代指军旗。

④朔气：北方的寒气。

⑤烟尘：烽烟和尘土，指代战争。

⑥北平：郡名，今河北省东部一带。这里泛指北方边地。

文意解读

皇帝命令将士出征，作为书记官的你也跟随远征。饯行的人很多，自宫阙外一直延伸到黄河边上，军旗飘扬震动了整个洛阳城。出征边地，早上迎着北方的寒风，夜晚能听到胡笳之声。你安坐军中谋划，主帅就能取得胜利，秋风吹着古老的北方边地。

王勃｜滕王阁

滕王高阁临江渚，佩玉鸣鸾罢歌舞。
书栋朝飞南浦云，珠帘暮卷西山雨。
闲云潭影日悠悠，物换星移几度秋。
阁中帝子今何在，槛外长江空自流。

与大家晤面 王勃

(公元650或649年—公元676年)

唐代文学家。字子安，绛州龙门（今山西河津）人。与杨炯、卢照邻、骆宾王以诗文齐名，并称“王杨卢骆”，亦称“初唐四杰”。

文意解读

壮美的滕王阁俯临着江边的沙渚，昔日里佩玉声清脆、鸾铃声鸣响，豪华的歌舞已经停止了。

晨光中，雕花的梁栋飞上了南浦的云霭里，彩绘的珠帘卷入了西山的风雨。白云每日里飘飘荡荡，云影映照在寂寞的深潭之中，事物变换，时光荏苒，度过了多少个春秋啊。

高阁中的滕王如今在哪里呢？只有栏杆外那滚滚的长江水空自东流。

特别注释

①滕王阁：是唐高祖的儿子滕王李元婴任洪州都督时修建的，旧址在现在江西省南昌市赣江之滨，现今之滕王阁为后重修的建筑。

②江渚：江中的沙洲。江，指赣江。

③书栋：雕花装饰的梁柱。

④物：四季的景物。

⑤阁中帝子：指滕王李元婴。

⑥槛：栏杆。

↓江南第一名楼——滕王阁

王勃 送杜少府之任蜀州

城阙辅三秦，风烟望五津。
与君离别意，同是宦游人。
海内存知己，天涯若比邻。
无为在歧路，儿女共沾巾。

特别注释

①城阙：指京城长安。
②辅：护卫，夹辅。
③三秦：今陕西省关中地区，古为秦国。
④五津：四川岷江古有白华津、万里津、江首津、涉头津、江南津五个著名渡口，合称五津。这里泛指四川。
⑤宦游：在外地做官。
⑥歧路：岔路，指分手的地方。
⑦沾巾：因流泪而沾湿了佩巾。

文意解读

三秦地区护卫着巍峨的京城长安，而你将要去的蜀地却是一片风烟迷茫。与你离别时，不禁产生无限感慨，我们都是远离家乡，为了仕途而到处奔走的游子啊。四海之内，你我是志同道合的好友，即使远在天涯，也好像近在身边。不要在分手的时候悲伤流泪，像多情的儿女一样，任凭泪水沾湿佩巾。

与大家晤面 宋之问

（约公元656年—约公元713年）

唐代诗人。又名少连，字延清，汾州（今山西汾阳）人，一说虢州弘农（今河南灵宝）人。与沈佺期齐名，称“沈宋”。

宋之问 渡汉江

岭外音书断，经冬复立春。
近乡情更怯，不敢问来人。

特别注释

①岭外：今广东省一带。
②音书：音信，书信。
③断：断绝，中断。
④情：心情。
⑤来人：来自家乡的人。

文意解读

住在岭外与家里的书信联系中断，经过冬天又到了春天。离家乡越近心情越紧张，竟然不敢询问来自家乡的人。

宋之问｜题大庾岭北驿

阳月南飞雁，传闻至此回。
我行殊未已，何日复归来？
江静潮初落，林昏瘴不开。
明朝望乡处，应见陇头梅。

↑大庾岭下的梅关古驿道

文意解读

阴历十月大雁开始南飞，听说飞到大庾岭就返回。我的行程却不止到岭南，真不知什么时候才能遇赦归来？潮水刚刚退下，江面很平静，树林昏暗，瘴气还没有散开。他日我登上山顶遥望故乡，也许能看到山头上那绽放的红梅。

特别注释

①大庾岭：在今江西省大庾县境内，唐朝时是通向岭南的要道。

②驿：驿舍的简称，是古代官办的交通站。

③阳月：阴历十月。

④陇头梅：其地气候和暖，故十月即可见梅，旧时红白梅夹道，故有梅岭之称。陇头，即“岭头”。

沈佺期｜杂诗三首（其一）

闻道黄龙戍，频年不解兵。
可怜闺里月，长在汉家营。
少妇今春意，良人昨夜情。
谁能将旗鼓，一为取龙城。

文意解读

听说黄龙冈驻地，连年战火不断。这轮可爱的明月啊，如今却照在汉家的军营。少妇思念着丈夫春心蜜意，丈夫也在回想别离柔情。谁能够指挥军队一举攻下这龙城，好让我们早日团圆。

与大家晤面　沈佺期

（约公元656年—公元713年）

唐代诗人。字云卿，相州内黄（今属河南）人。与宋之问齐名，并称“沈宋”。擅长七律，被后人称为“律诗之祖”。

特别注释

①闻道：听说。
②解兵：撤兵。
③龙城：古匈奴祭天的地方，现在蒙古境内。这里指敌人的首要地区。

陈子昂｜登幽州台歌

前不见古人，后不见来者。
念天地之悠悠，独怆然而涕下。

文意解读

古代的圣贤国君已不可见，后世的贤明君主也来不及看到了。想想天地无穷无尽，深感我生不逢时，不觉悲从中来，潸然泪下。

与大家晤面　陈子昂

（公元659年—公元700年）

唐代文学家。字伯玉，梓州射洪（今属四川）人。反对齐梁诗风，提倡汉魏风骨，是唐代诗歌革新的先驱。

特别注释

①幽州：州名。
②古人：指前贤，这里尤指古代的贤君。
③来者：指后贤，这里尤指后世的贤君。
④悠悠：无穷无尽的意思。
⑤怆然：悲痛伤感的样子。
⑥涕：眼泪。

陈子昂 送著作佐郎崔融等从梁王东征

金天方肃杀，白露始专征。
王师非乐战，之子慎佳兵。
海气侵南部，边风扫北平。
莫卖卢龙塞，归邀麟阁名。

特别注释

①著作佐郎：官名。
②梁王：指武三思。
③东征：指征讨契丹。
④金天：秋天。
⑤肃杀：严酷萧瑟。
⑥白露：二十四节气之一。
⑦之子：这人，指崔融等人。
⑧北平：北平郡，治所在今河北省卢龙县。
⑨卢龙塞：古代军事要塞，在今河北省喜峰口附近。
⑩麟阁：即麒麟阁，是汉朝陈放功臣画像的地方。

文意解读

正是秋日萧瑟时节，开始出征的日子正是白露那一天。我们的军队并非是好战之师，请各位一定要谨慎用兵。契丹的军队像重重海雾一样侵犯南部的边疆，又像来势汹汹的北风侵犯我北平郡。绝不能丢失卢龙塞，胜利归来后，皇上定会为你们庆功封赏。

↑ 内蒙古通辽市奈曼旗陈国公主墓出土的契丹文物：金覆面

→ 耶律羽墓中发掘出的契丹文物：白釉皮囊式鸡冠壶

陈子昂｜春夜别友人

银烛吐青烟，金樽对绮筵。
离堂思琴瑟，别路绕山川。
明月隐高树，长河没晓天。
悠悠洛阳道，此会在何年。

特别注释

①金樽：铜制酒杯。

②琴瑟：琴瑟同时弹奏，声音和谐，以此比喻夫妇间感情和谐或兄弟、朋友间情谊融洽。

③长河：银河，俗称天河。

文意解读

明亮的蜡烛冒着缕缕青烟，面对精美丰盛的席宴，友人们高举酒杯开怀畅饮。饯别的厅堂里回忆起朋友间的情意，分别后要绕山过水，路途遥远。宴席一直持续到明月隐没在高树之后，银河消失在拂晓之中。即将踏上这漫长的洛阳路，不知什么时候才能再相会。

与大家晤面 贺知章

（公元659年—约公元744年）

唐代诗人。字季真，自号“四明狂客”，越州永兴（今浙江萧山）人。好饮酒，性狂放，与李白友善。他的诗以绝句为佳。

贺知章｜回乡偶书（其一）

少小离家老大回，乡音无改鬓毛衰。
儿童相见不相识，笑问客从何处来。

特别注释

①衰：疏落，指头发白了，少了。

②儿童：指家乡的孩子。

文意解读

我小的时候就离开了家乡，直到垂暮之年才回到日思夜想的故园，虽然乡音并没有改变，但鬓发已经疏落并被秋霜染白。家乡的那些孩子从未见过我，都好奇地笑着问我这个客人是从什么地方来的。

贺知章 | 咏柳

碧玉妆成一树高，万条垂下绿丝绦。
不知细叶谁裁出，二月春风似剪刀。

特别注释

①碧玉：青绿色的玉石，这里形容春柳的青翠碧绿。
②妆：装饰，打扮。
③二月：农历二月，正是仲春时节。

文意解读

高高的柳树上长满了绿色的新叶，看上去好像是用碧绿的玉石装饰成的，从树上垂下无数的柳丝，就像绿色的丝带一样好看。细长的柳叶是谁剪出来的呢？仲春二月的春风本就是一把神奇的剪刀。

张说 | 幽州夜饮

与大家晤面 张说

（公元667年—公元731年）

唐代大臣。字道济，一字说之，封燕国公，洛阳（今属河南）人。擅长文辞，朝廷重要文件多出其手，与许国公苏颋并称为“燕许大手笔”。亦能诗，贬在岳阳时的作品尤工。

凉风吹夜雨，萧瑟动寒林。
正有高堂宴，能忘迟暮心。
军中宜剑舞，塞上重笳音。
不作边城将，谁知恩遇深。

特别注释

①幽州：古州名。辖今北京、河北一带，治所在蓟县。
②凉风：北风。
③高堂宴：在高大的厅堂里举办宴会。
④迟暮：暮年，比喻衰老。
⑤笳：汉代流行于塞北和西域的一种类似笛子的管乐器。
⑥边城将：作者当时以右羽林将军检校幽州都督。
⑦恩遇：指皇帝的知遇之恩。

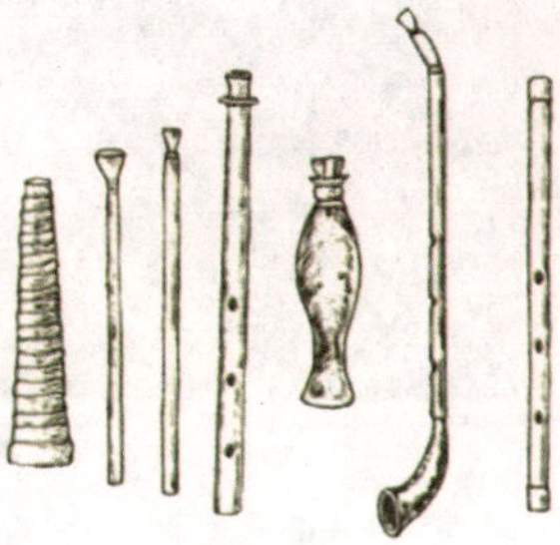

← 各式各样的笳

文意解读

晚上，北风夹杂着绵绵细雨，风雨声摇动寒冷的树林。军中的高堂上正在举行宴会，使我暂时摆脱了因年老而产生的衰颓情绪。军中娱乐适宜舞剑，边塞注重胡笳。如果我不做这边城的将领，怎么知道皇上对我恩遇之深呢。

张说｜恩制赐食于丽正殿书院宴赋得林字

东壁图书府，西园翰墨林。
诵诗闻国政，讲易见天心。
位窃和羹重，恩叨醉酒深。
载歌春兴曲，情竭为知音。

特别注释

①诗：指《诗经》。

②易：指《周易》。

③和羹：比喻大臣辅助国君，齐心合力，治理国家。

④叨：谦词，表示受之有愧。

文意解读

丽正殿设了书院，成了文人学士聚集的地方。阅读《诗经》了解怎样处理国家政事，讲解《周易》知道天意。我身居高位责任重大，承蒙皇帝赐宴，我喝得大醉。借着酒兴唱起春兴曲，竭尽才智作诗以报知音。

张说｜送梁六自洞庭山

巴陵一望洞庭秋，
日见孤峰水上浮。
闻道神仙不可接，
心随湖水共悠悠。

特别注释

①梁六：指作者友人潭州（今湖南长沙）刺史梁知微，时途经岳州入朝。

②洞庭山：也称君山，靠巴陵很近，所以题云“自洞庭山”。

③巴陵：指今岳阳一带。

文意解读

秋意萧瑟，从巴陵望向不远处的洞庭山，只见洞庭孤峰仿若浮在秋水上一般，听闻神仙是缥缈不可接近的，我的寂寞忧愁的心啊，便随着那湖水悠然荡漾开去了。

张旭｜桃花溪

隐隐飞桥隔野烟，石矶西畔问渔船：
桃花尽日随流水，洞在清溪何处边？

与大家晤面 张旭

（生卒年不详）

唐代书法家。字伯高，一字季明，吴郡（今江苏苏州）人。善草书，人称“草圣”。与李白诗歌、裴旻剑舞，时称“三绝”。也善写诗，长于七绝。

特别注释

①隐隐：忽隐忽现。
②飞桥：形容桥很高，凌空欲飞。
③石矶：水边凸出的岩石。

文意解读

一座长桥隐隐被蒙蒙的烟雾隔断；在石矶的西边询问渔夫：桃花整天随着流水流淌，桃源洞口在清溪的哪一边呢？

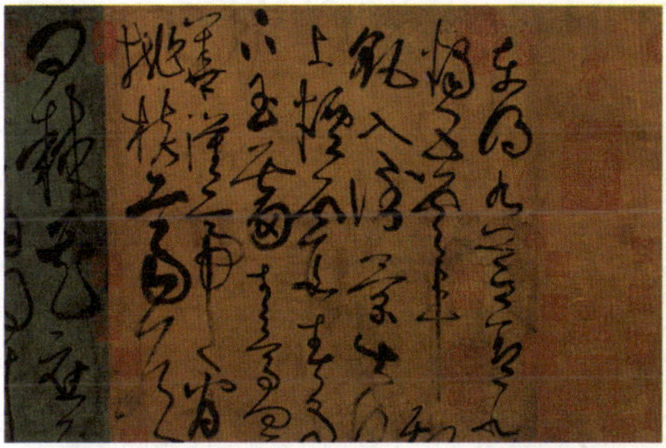

→张旭草书书法《古诗四帖》

张旭｜山行留客

山光物态弄春晖，莫为轻阴便拟归。
纵使晴明无雨色，入云深处亦沾衣。

特别注释

①轻阴：天色微微阴沉。
②雨色：下雨的迹象。
③沾衣：将衣服沾湿。

文意解读

在阳光下，山姿物态变幻莫测，不要因为天色微微有些阴沉就要回家。在山里，即使朗日高照，丝毫没有下雨的迹象，高山深处的云雾也会润湿你的衣服。

张九龄——望月怀远

与大家晤面 张九龄

（公元678年—公元740年）

盛唐前期重要诗人。字子寿，韶州曲江（今广东韶关）人。他的五言古诗在唐诗发展中有很高的地位和巨大的影响。

海上升明月，天涯共此时。
情人怨遥夜，竟夕起相思。
灭烛怜光满，披衣觉露滋。
不堪盈手赠，还寝梦佳期。

特别注释

①怨：埋怨。
②遥夜：漫漫长夜。
③竟夕：通宵。
④披衣：披上衣服，表示走出屋外。
⑤不堪：不能。
⑥还寝：回去睡觉。
⑦佳期：相会之期。

文意解读

茫茫大海上升起了一轮皎洁的明月，远在天涯的人啊，但愿我们能共同分享此时的美景。多情的人啊，漫漫长夜总是令人心生幽怨，通宵都在想念远方的亲人。吹灭了蜡烛，怜爱这满屋的月光，走出屋外，觉得露水很重。可惜啊，我不能把这满手的月光赠给你，还是回去睡觉吧，希望能与你在梦中相见。

张九龄｜感遇十二首（其一）

兰叶春葳蕤，桂华秋皎洁。
欣欣此生意，自尔为佳节。
谁知林栖者，闻风坐相悦。
草木有本心，何求美人折？

文意解读

兰草到了春天枝繁叶茂，桂花到了秋天分外皎洁。这一派欣欣向荣的蓬勃生机，自然成为美好的时节。谁知道住在林中的隐士，闻到随风飘来的芳香因此十分高兴。草木有其自身的本性，何必强求美人赏识采折呢？

特别注释

①葳蕤：形容枝叶繁茂。
②桂华：即桂花。“华”，同“花”。
③生意：生机。
④自尔：自然地。
⑤佳节：美好的季节。
⑥林栖者：指山中隐士。
⑦闻风：闻到香味。
⑧坐：因为。
⑨本心：本性。

张九龄｜感遇十二首（其二）

江南有丹橘，经冬犹绿林。
岂伊地气暖，自有岁寒心。
可以荐嘉客，奈何阻重深。
运命唯所遇，循环不可寻。
徒言树桃李，此木岂无阴？

特别注释

①伊：那里，指江南。
②岁寒心：耐寒的本性。
③荐：进献。
④嘉客：贵宾。
⑤阻重深：阻碍重重，路途遥远。
⑥运命：命运。
⑦循环：周而复始，变化莫测。
⑧徒言：只说。
⑨树：种植。

文意解读

江南一带生长的丹橘，历经严冬依然绿叶葱茏。哪里是因为江南气候温暖，全是它自己有耐寒的本性。本来可以献给贵宾共享，怎奈阻碍重重而且路途遥远。命运决定了这种遭遇，循环的天道无法追寻。世人只说种植桃李，难道丹橘就不能遮阳吗？

与大家晤面 王之涣

（公元688年—公元742年）

唐代著名边塞诗人。字季凌，晋阳（今山西太原）人。他的七绝《凉州词》与五绝《登鹳雀楼》都是唐诗和中国诗史上的绝唱。

王之涣 — 凉州词

黄河远上白云间，
一片孤城万仞山。
羌笛何须怨杨柳，
春风不度玉门关。

特别注释

①凉州词：又名《凉州歌》，唐代传唱于凉州的乐曲名。凉州，在今甘肃武威。

②孤城：指玉门关。

③万仞：形容极高。仞，古代长度单位，约七尺为一仞。

④羌笛：古时西北少数民族所吹的一种管乐器。

⑤杨柳：指《折杨柳》曲调。

⑥玉门关：在今甘肃敦煌西，是唐时通往西域的要路。

文意解读

远远望去，汹涌的黄河水好像一直向云端奔流一般，一座孤城矗立在万仞高山中。何必要用羌笛吹奏《折杨柳》这首哀怨的曲子，埋怨杨柳不发、春光来迟呢？要知道春风是吹不到遥远的玉门关之外的啊！

→羌笛是我国古老的单簧气鸣乐器，已有2000多年历史，流行在四川北部阿坝藏族自治州。

王之涣 一 登鹳雀楼

白日依山尽，黄河入海流。
欲穷千里目，更上一层楼。

↑ 如今鹳雀楼上的王之涣塑像

特别注释

①鹳雀楼：旧址在山西蒲州（今山西永济）西南的黄河边上。
②尽：落下。
③穷：尽，达到极点。
④更：再。

文意解读

太阳依傍山峦渐渐下落，黄河奔流汇入大海。如果想要看到远方更美的景物，那还要再登上一层高楼。

↓ 中国四大文化历史名楼之一的鹳雀楼

孟浩然 | 望洞庭湖赠张丞相

八月湖水平，涵虚混太清。
气蒸云梦泽，波撼岳阳城。
欲济无舟楫，端居耻圣明。
坐观垂钓者，徒有羡鱼情。

特别注释

①涵虚：形容湖水浩渺，水天一色。
②云梦泽：古大泽名。
③撼：摇动。
④岳阳城：在洞庭湖东面。
⑤济：渡过。
⑥端居：闲居。
⑦垂钓者：喻指执政者。
⑧徒：空。

文意解读

八月洞庭水满，几乎与河岸相平，水天一色，浑然一体。云梦泽上雾气蒸腾，波涛澎湃似乎能撼动岳阳城。想要渡过湖去却没有船只，闲居在家，圣明时代无事可做实在感到羞愧。坐着看垂钓的人，空有对鱼儿的羡慕之情。

孟浩然 | 春晓

春眠不觉晓，处处闻啼鸟。
夜来风雨声，花落知多少？

特别注释

①晓：早晨，天亮。
②闻：听见。
③啼鸟：鸟鸣。

文意解读

春宵酣睡，醒来时不知道天已经亮了，到处都可以听到鸟叫声。夜里风雨交加，不知道吹落了多少枝头花朵？

孟浩然 过故人庄

故人具鸡黍，
邀我至田家。
绿树村边合，
青山郭外斜。
开轩面场圃，
把酒话桑麻。
待到重阳日，
还来就菊花。

特别注释

①具：备办。
②鸡黍：鸡和黄米饭，泛指农家待客的饭菜。
③合：四面环绕。
④圃：菜园。
⑤就菊花：指赏菊饮酒。就，靠近。

文意解读

老朋友备办了丰盛的饭菜，邀请我到他家作客。绿树环绕着村庄，青山在城外绵延。推开窗，面对着场院和菜园，我们共饮美酒，闲谈农事。等到重阳佳节，我还要再来品酒赏菊。

孟浩然 宿建德江

移舟泊烟渚，
日暮客愁新。
野旷天低树，
江清月近人。

特别注释

①烟渚：傍晚烟雾笼罩着的小洲。
②新：鲜明，显豁之意。
③旷：空阔广大。
④天低树：天幕低垂，好像和树木相连。

文意解读

把船停泊在烟雾笼罩着的小洲旁，渐渐西落的红日、即将降临的夜幕，使得旅人又增添了新愁。四野空阔广大，天幕低垂，好像和树木相连；江水清澈，仿佛月亮与人更加亲近。

孟浩然

访袁拾遗不遇

洛阳访才子，江岭作流人。
闻说梅花早，何如此地春。

特别注释

①才子：指作者的朋友袁拾遗。

②江岭：指今江西大余和广东南雄交界处的大庾岭。

③流人：获罪而被流放的人。

文意解读

我到洛阳去拜访才子袁拾遗，谁知他却获罪被流放到大庾岭。听说那里梅花开得很早，但怎么比得上故乡洛阳的满城春色呢！

孟浩然

送朱大入秦

游人五陵去，
宝剑值千金。
分手脱相赠，
平生一片心。

特别注释

①五陵：代指长安。

②脱：去掉，解下。

文意解读

游人朱大要到长安去，送别时，我将价值千金的宝剑解下送给他，以表达我平素对朋友的一片真心。

李颀——古意

与大家晤面 李颀

(? —约公元753年)

唐代诗人。祖籍赵郡（今河北赵县），长期居住颍阳（今河南登封西）。他的诗歌风格豪放，以描写边塞生活的七言歌行最为杰出。

男儿事长征，少小幽燕客。
赌胜马蹄下，由来轻七尺。
杀人莫敢前，须如猬毛磔。
黄云陇底白云飞，未得报恩不得归。
辽东小妇年十五，惯弹琵琶解歌舞。
今为羌笛出塞声，使我三军泪如雨。

特别注释

①事长征：指远行从军。
②赌胜：逞能。
③由来：从来。
④七尺：身躯。此处代指生命。
⑤莫敢前：不敢上前接近。
⑥磔：张开的样子。
⑦黄云：指变成黄色的云。
⑧陇：山地。
⑨出塞：汉横吹曲名，多描写边疆将士出征的情景。

文意解读

男儿由于长大后要从军远行，因此从小就学着幽燕侠客的模样。在马蹄下与别人比胜负，向来把自己的七尺之身看得很轻。在战场上杀得敌人不敢上前迎战，胡须竖立着像刺猬的毛张开的样子。塞外风沙扬起，白云纷飞，没有报答国家的恩德誓不回还。辽东的小女子只有15岁，擅长弹琵琶和表演歌舞。现在用羌笛吹出的《出塞》的曲子，使得三军将士不禁泪如雨下。

王昌龄——芙蓉楼送辛渐

与大家晤面 王昌龄

(? —约公元756年)

盛唐诗人。字少伯，京兆长安（今陕西西安）人。其七绝与李白齐名，被世人誉为“七绝圣手”。

寒雨连江夜入吴，平明送客楚山孤。
洛阳亲友如相问，一片冰心在玉壶。

特别注释

①连江：满江。
②吴：今江苏南部，古属吴地。
③平明：清晨，天刚亮。
④一片冰心在玉壶：化用鲍照《代白头吟》中“真如朱丝绳，清如玉壶冰”的句意。比喻自己心地纯洁，纤尘不染。

文意解读

弥漫着寒意的蒙蒙夜雨在夜幕中笼罩着吴地，与浩渺的江水连成一片，天亮时我将送你启程，而我却要独自留下，如同这形单影只的楚山一样孤独。如果洛阳的亲友询问我的情况，请你一定转告他们，我的一颗心如晶莹剔透的冰贮藏在玉壶中一般纯净。

王昌龄 | 长信怨

奉帚平明金殿开，
且将团扇共徘徊。
玉颜不及寒鸦色，
犹带昭阳日影来。

文意解读

天刚亮宫门刚刚打开，就拿着扫帚打扫宫殿，孤寂中，只能手执团扇打发时光。寒鸦身上还带着昭阳的日光，而我的美丽容颜反而比不上树上的寒鸦。

特别注释

①奉帚：捧着扫帚，意指打扫宫殿。
②团扇：圆形扇子。
③寒鸦色：指乌鸦羽毛的乌黑。
④日影：比喻君恩。

王昌龄 | 出塞二首（其一）

秦时明月汉时关，
万里长征人未还。
但使龙城飞将在，
不教胡马度阴山。

特别注释

①龙城飞将：指汉武帝时的镇关大将李广。
②不教：不使。
③胡马：指匈奴骑兵。
④度：越过。
⑤阴山：是我国古代北部边防的天然屏障，也是当时和匈奴的分界处。

文意解读

秦汉以来，明月一直这样照耀着边塞，但万里戍边的士兵却没有回来。如果李广将军依然健在，一定不会让胡人的铁蹄踏过阴山。

→叱咤疆场的飞将军李广

王昌龄 | 送郭司仓

映门淮水绿，留骑主人心。
明月随良掾，春潮夜夜深。

特别注释

①淮水：淮河。

②掾：古代官府中属官的通称，这里指郭司仓。

文意解读

门前的淮水泛着绿波，我再三挽留即将远去的郭司仓。然而客人就要离开，无法挽留，只有明月追随他而去，而我的思念就像那滚滚的淮水一样，夜夜不能平静。

与大家晤面 綦毋潜

（约公元692年—约公元749年）

字孝通，一作季孝，綦毋为复姓，虔州南康（今属江西）人。其诗工写幽寂之景，多有方外之情，为盛唐山水田园诗代表人物之一。

綦毋潜 | 春泛若耶溪

幽意无断绝，此去随所偶。
晚风吹行舟，花路入溪口。
际夜转西壑，隔山望南斗。
潭烟飞溶溶，林月低向后。
生事且弥漫，愿为持竿叟。

特别注释

①际夜：至夜。

②潭烟：水气。

③弥漫：渺茫。

文意解读

归隐之心一直以来不曾中断，此次泛舟随遇而安任其自然。小舟在晚风的吹拂下轻轻荡漾，溪口的两岸撒满了春花。傍晚时分，小船转出西山幽谷，隔着山望见了南斗明亮的闪光。水潭里一片白茫茫的烟雾升腾，岸边林木间的明月往后与船行走逆向。人间世事多么渺茫，真想像渔翁那样拿着竹竿在溪旁悠闲地垂钓！

綦毋潜｜宿龙兴寺

香刹夜忘归，松清古殿扉。
灯明方丈室，珠系比丘衣。
白日传心净，青莲喻法微。
天花落不尽，处处鸟衔飞。

特别注释

①龙兴寺：在今湖南零陵西南。
②香刹：寺庙，这里指龙兴寺。
③松清：指松树林中的阵阵清风。
④方丈：即禅堂。
⑤比丘：和尚。
⑥青莲：青色莲花，佛书中多喻眼睛。
⑦天花：天女所散之花。

文意解读

游览龙兴寺，天黑竟忘了回去；这时，寺庙门外的松林中吹来阵阵清风。禅堂里灯光明亮，佛珠系在和尚的衣服上。僧侣们的心境像白日一样明亮清静，佛法精微像眼睛一样纯洁干净。天女所散之花飘落不尽，处处都有鸟儿衔起，飞入九霄云天。

王湾｜次北固山下

与大家晤面 王湾

（生卒年不详）

唐代诗人，洛阳（今属河南）人。早有文名，往来吴、楚间。他的诗气象高远，风格优美，然而多有佚失，流传甚少。

客路青山外，行舟绿水前。
潮平两岸阔，风正一帆悬。
海日生残夜，江春入旧年。
乡书何处达，归雁洛阳边。

文意解读

旅客路过青山苍翠的北固山下，小船儿行进在湛蓝碧绿的江水间。潮水上涨与江岸齐平，两岸显得更加开阔，顺风行船，正好把船帆高高地悬起来。残夜还没消退，一轮红日已经从海面喷薄而出，旧年还未逝去，江南已有春的信息。寄出的家信不知已经到了什么地方，请归去的大雁快快把信带到洛阳吧。

特别注释

①次：停宿。
②客路：客中路过。
③青山：北固山。
④潮平：潮水上涨与江岸齐平。
⑤风正：风顺，风和。
⑥残夜：天将亮时。
⑦乡书：家信。
⑧何处达：即“达何处”，送到什么地方。

与大家晤面 王翰

(生卒年不详)

字子羽，晋阳（今山西太原）人。他的豪放性格在诗中反映为多壮丽之辞，以边塞诗人著称。

特别注释

①夜光杯：白玉制成的酒杯。极言其名贵。

②催：这里指催人出发的意思。一说指琵琶急促弹奏。

王翰 凉州词

葡萄美酒夜光杯，
欲饮琵琶马上催。
醉卧沙场君莫笑，
古来征战几人回！

文意解读

把葡萄美酒倒在名贵的夜光杯中，刚要喝的时候，马上的琵琶也同时在催促着。就算我醉倒在沙场上你也不要笑话，自古外出征战的又有几个人能回来呢？

与大家晤面 祖咏

(公元699年—约公元746年)

唐代诗人。字和生，洛阳（今属河南）人。其诗大多描写山水风光、田园生活，善状景绘物，其文笔淡雅，构思别致。

特别注释

①燕台：这里代指燕地。
②客：作者自指。
③笳：北方少数民族的一种乐器。
④生积雪：产生于积雪之中。
⑤三边：指边地。
⑥危旌：插得很高的军旗。
⑦投笔吏：指汉人班超。

祖咏 望蓟门

燕台一望客心惊，笳鼓喧喧汉将营。
万里寒光生积雪，三边曙色动危旌。
沙场烽火连胡月，海畔云山拥蓟城。
少小虽非投笔吏，论功还欲请长缨。

↑投笔从戎的班超雕像

文意解读

一到燕地，我便被眼前的景象所震惊了，汉将营中笳鼓声喧天震地。放眼望去，原野上的积雪闪出耀眼的寒光，边地的曙色映照着悬挂得高高的军旗。沙场上的烽火似是连接着胡地的月光，海边上云山簇拥着蓟城。年轻时虽没有像班超一样投笔从戎，论功名还要学习终军为国请缨。

祖咏 终南望余雪

终南阴岭秀，积雪浮云端。
林表明霁色，城中增暮寒。

特别注释

①阴岭：终南山的北面。终南山在长安之南。
②林表：林外。
③霁色：雨雪停止后出现的阳光。

文意解读

终南山北岭的景色秀丽异常，积雪好像浮在云端上。雨雪停止后出现的阳光照在树林末梢，给傍晚的长安城增添了些许寒意。

祖咏 苏氏别业

别业居幽处，到来生隐心。
南山当户牖，沣水映园林。
竹覆经冬雪，庭昏未夕阴。
寥寥人境外，闲坐听春禽。

特别注释

①隐心：隐居之心。
②户牖：门窗。
③沣水：水名，发源于秦岭，经陕西西安流入渭水。
④寥寥：空旷，广阔。

文意解读

苏氏的别墅在非常清幽的地方，人们一到那里就会产生要隐居的想法。终南山正对着别墅的门窗，沣水环绕着庄园。经冬未化的白雪覆盖着竹林，还没到黄昏但庭院已经昏暗。别墅远离人境的空旷之处，可以悠然闲坐聆听春鸟的啼鸣。

与大家晤面 高适

（约公元700年—公元765年）

唐代诗人。字达夫，渤海蓨（今河北景县）人。盛唐著名边塞诗人，与岑参齐名，并称“高岑”。

别董大

高适

千里黄云白日曛，北风吹雁雪纷纷。
莫愁前路无知己，天下谁人不识君。

特别注释

①董大：唐玄宗时著名的艺人，善于弹琴。大，表示在兄弟中排行第一。

②曛：昏黄。太阳落山时的余光。

③北风吹雁：北风劲吹，大雁南飞。

④知己：了解自己的人，好朋友。

⑤识：赏识。

⑥君：您。这里指董大。

文意解读

无边的尘云笼罩着昏暗的天地，北风劲吹、大雁南飞、雪花纷纷。即将远行的你啊，不要担心前面的路上没有知己，天下人有谁不赏识您呢！

醉后赠张九旭

高适

世上漫相识，此翁殊不然。
兴来书自圣，醉后语尤颠。
白发老闲事，青云在目前。
床头一壶酒，能更几回眠。

特别注释

①张九旭：即张旭，兄弟辈中排行第九，故称张九旭。唐代著名书法家，善狂草，世称“草圣”。

②漫：随便，胡乱，姑且。

③相识：结交。

④此翁：指张旭。

⑤闲事：无事。

⑥几回眠：几回醉。

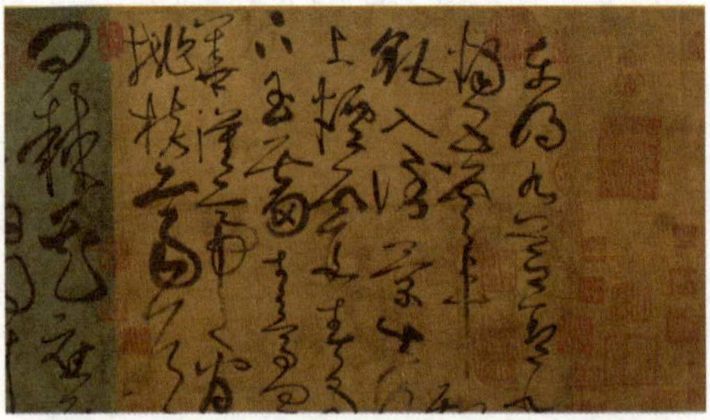

↑唐代书法珍品（局部），传为张九旭所作。

文意解读

世人随便结交朋友，而这位老人却不这样。兴致一来书法自然天成，醉酒之后说话更是癫狂。头发白了而不想参与世事，以闲居为乐；眼里只有天上飘浮的白云。床头挂着一壶酒，人生能有几回醉呢！

高适 — 咏史

尚有绨袍赠，应怜范叔寒。
不知天下士，犹作布衣看。

特别注释

①绨袍：质地粗厚的衣服。
②范叔：战国时魏国人范雎。
③布衣：借指平民。

文意解读

像须贾这样气量狭小的人尚且有赠送绨袍的举动，更应该同情范雎的贫寒了。魏国人不知道范雎是能治理天下的杰出人才，把他当成普通人看待。

胡令能 — 小儿垂钓

与大家晤面 胡令能

（生卒年不详）

莆田（今福建莆田）人。早年做过修理铁木器之类的工作，写诗出名后，远近的人还叫他“胡钉铰”。

蓬头稚子学垂纶，侧坐莓苔草映身。
路人借问遥招手，怕得鱼惊不应人。

特别注释

①稚子：年龄小的孩子。
②纶：钓鱼用的丝线。

文意解读

在一条清澈的小溪边，有一个满头乱发的小孩儿正在那里学着大人钓鱼，侧身坐在莓苔上，全神贯注地望着水里，身影掩映在野草丛中。听到有过路的人问路，他连忙远远地朝那人招了招手，害怕惊动了鱼不敢大声答话。

与大家晤面 王维

(约公元701年—公元761年)

唐代杰出诗人、画家。字摩诘，蒲州（今山西永济）人。工书画，在诗歌上的成就是多方面的，律诗、绝句等都有流传人口的佳篇。

王维 — 渭川田家

斜光照墟落，穷巷牛羊归。
野老念牧童，倚杖候荆扉。
雉雊麦苗秀，蚕眠桑叶稀。
田夫荷锄至，相见语依依。
即此羡闲逸，怅然歌式微。

文意解读

夕阳西下，斜照在静谧的村落上，夜幕降临，深深的巷子里牧童赶着牛羊已经回来。老人惦念着牧童，拄着拐杖在柴门前等候。野鸡在鸣叫，田里麦苗已经吐穗，蚕蜕皮时不食不动，像睡眠一样，桑叶已经稀少。农夫们扛着锄头归来，见面时互相亲切地聊起了天。多么羡慕这悠闲的农家生活啊，不由得怅然吟唱起《式微》。

特别注释

①渭川：渭水。

②斜光：指夕阳。

③墟落：村落。

④穷巷：深巷。

⑤荆扉：柴门。

⑥雉雊：野鸡鸣叫。

⑦秀：麦子吐穗。

⑧蚕眠：蚕蜕皮时，不食不动，像睡眠一样。

⑨式微：《诗经·邶风》中的篇名，其中有“式微式微，胡不归”的句子，有归隐田园之意。

王维 — 鸟鸣涧

人闲桂花落，夜静春山空。
月出惊山鸟，时鸣春涧中。

特别注释

①闲：寂静。

②桂花：一说是冬天开花的桂树，春深花落。

③空：空寂。

④时鸣：不时地啼叫。

文意解读

没有人事的烦扰，我的内心闲静下来，才能感觉到桂花从枝上落下；在这春山中，万籁都陶醉在这种夜色中，春山在这种情况下一片空寂。当月亮升起，给这夜幕笼罩的空谷带来皎洁银辉的时候，竟使山鸟惊觉起来，发出鸣叫声。

王维｜山居秋暝

空山新雨后，天气晚来秋。
明月松间照，清泉石上流。
竹喧归浣女，莲动下渔舟。
随意春芳歇，王孙自可留。

特别注释

①空山：指宁静的山野。
②晚来秋：指秋日傍晚来临时。
③竹喧：竹林中传来喧笑声。
④浣女：洗衣女。
⑤随意：任凭，毫不在意。
⑥王孙：贵族的后裔，这里指隐居的高士。

文意解读

一阵新雨过后，山野越发显得静幽，傍晚来临时，凉风习习，更令人感到秋意浓浓。明亮的月光映照着松林，泉水从石上潺潺流过。竹林中传来阵阵欢声笑语，原来是洗衣少女们归来，莲叶浮动，那是顺流而下的渔舟。任凭那春天的芬芳渐渐逝去，我却依然向往留住美妙的秋天。

王维｜归嵩山作

清川带长薄，车马去闲闲。
流水如有意，暮禽相与还。
荒城临古渡，落日满秋山。
迢递嵩高下，归来且闭关。

文意解读

清澈的河川环绕着一片长长的草木丛生的沼泽地，离归的车马缓缓前进，显得那样从容不迫。河川的清水在汩汩流淌，傍晚的鸟儿好像在和诗人结伴而归。荒凉的城池临靠着古老的渡口，落日的余晖洒满了萧飒的秋山。在那遥远的嵩山下面，回去关上门谢绝人事。

特别注释

①清川：清流。
②相与：互相作伴。
③关：门。

王维｜过香积寺

不知香积寺，数里入云峰。
古木无人径，深山何处钟。
泉声咽危石，日色冷青松。
薄暮空潭曲，安禅制毒龙。

特别注释

①咽危石：流泉经过高险的山石发出幽咽之声。

②曲：水边。

③安禅：安然入禅境。

④制毒龙：佛家比喻邪念妄想。

文意解读

不知香积寺在哪里，走了好几里才进入白云缭绕的山峰。古木参天不见人影的小路上，深山里不知从哪传来阵阵的钟声。流泉遇到岩石发出幽咽的声音，日光照在幽深的松林上生出寒意。暮色降临宁静潭水弯曲之处，安然进入静谧的禅境，各种世俗欲望即随之消逝了。

王维｜和贾舍人早朝

绛帻鸡人报晓筹，尚衣方进翠云裘。
九天阊阖开宫殿，万国衣冠拜冕旒。
日色才临仙掌动，香烟欲傍衮龙浮。
朝罢须裁五色诏，佩声归到凤池头。

特别注释

①绛帻：用红布包头似鸡冠状。

②鸡人：古代宫中，天将亮时，有头戴红巾的卫士，朱雀门外高声喊叫，好像鸡鸣，以警百官，故名鸡人。

③晓筹：即更筹，夜间计时的竹签。

④尚衣：官名。隋唐有尚衣局，掌管皇帝的衣服。

⑤翠云裘：饰有绿色云纹的皮衣。

⑥衣冠：指文武百官。

⑦冕旒：礼冠中最尊贵的一种。

⑧浮：指袍上锦绣光泽的闪动。

⑨五色诏：用五色纸所写的诏书。

文意解读

头戴着大红色头巾的宫廷报晓卫士报过了五更，掌管皇上御服的官员才给皇上穿上龙袍。深宫禁苑重重大门都已敞开，文武百官进入宫中向皇帝朝拜。太阳刚刚升起，皇上的御驾就来临，御香炉的香烟依傍着皇上的龙袍升腾。朝拜完毕回到官署，就用五色纸起草诏书，玉佩撞击，他已回到中书省。

王维 鹿柴

空山不见人，但闻人语响。
返景入深林，复照青苔上。

特别注释

①柴：用木围护四周。
②空山：空旷的山林。
③返景：夕阳返照的光。景，古时同“影”。

文意解读

空旷的山林中看不见人影，只能听到人说话的声音。夕阳返照的光射入深林，又映照在青苔上。

王维 终南别业

中岁颇好道，晚家南山陲。
兴来每独往，胜事空自知。
行到水穷处，坐看云起时。
偶然值林叟，谈笑无还期。

特别注释

①中岁：中年。
②家：住。
③空：徒然，只有。
④值：碰到。
⑤还期：回来的时间。

文意解读

人到中年非常喜欢佛教，晚年住在终南山边上。来了兴致就独自去游玩，其中的快乐只有自己知道。不知不觉来到水流的尽头，坐下来看着白云慢慢升起。偶然碰到山林中的老者，说说笑笑忘了回来的时间。

竹里馆

王维

独坐幽篁里，弹琴复长啸。
深林人不知，明月来相照。

特别注释

①幽篁：茂密的竹林。
②长啸：打口哨。

文意解读

我独自一人坐在茂密的竹林中，一边拨弄琴弦，一边大声打口哨。竹林幽深，没有人知道我在这里，只有明月将我照耀。

山中送别

王维

山中相送罢，日暮掩柴扉。
春草明年绿，王孙归不归？

特别注释

①扉：门扇。
②王孙：指所别之人。

文意解读

在山中和朋友告别归来，已是日暮时分，轻轻地把柴门掩上。心中不免惦念，今年的小草明年还会返青，不知那时我的朋友还会不会回来？

王维｜送元二使安西

渭城朝雨浥轻尘，客舍青青柳色新。
劝君更尽一杯酒，西出阳关无故人。

特别注释

①渭城：秦时咸阳城，汉武帝时称渭城。
②浥：湿润。
③客舍：旅舍，即饯别的处所。
④柳色新：指柳叶被雨水滋润，颜色显得格外青翠。
⑤阳关：古关名，在今甘肃敦煌西南。

文意解读

清早，咸阳城里细雨纷纷，打湿了路上的尘土，旅舍旁的柳树显得更加青翠欲滴。请你再喝干这杯酒吧，向西出了阳关就见不到老朋友了。

→ 如今的阳关博物馆

王维｜杂诗

君自故乡来，应知故乡事。
来日绮窗前，寒梅著花未？

文意解读

你从故乡来，应该知道故乡的事情。你动身前来的时候，雕镂花纹的窗前的寒梅花开了没有？

特别注释

①来日：指从故乡动身前来之日。
②绮窗：雕镂花纹的窗户。
③未：疑问词。

王维—九月九日忆山东兄弟

独在异乡为异客，
每逢佳节倍思亲。
遥知兄弟登高处，
遍插茱萸少一人。

特别注释

①异乡：异国他乡，这里指诗人所在的长安。

②佳节：这里指重阳节。

③登高处：登高的时候。

④茱萸：一种有香味的植物。古风俗重阳节时插茱萸以避灾疫。

文意解读

独自一人漂泊在他乡，每到重阳节便更加思念亲人。遥想兄弟们登高的时候，插遍茱萸只少我一人。

王维—相思

红豆生南国，春来发几枝？
愿君多采撷，此物最相思。

特别注释

①红豆：产于两广一带，又名相思子，形如豌豆，朱红色。古人常用来象征爱情或相思。

②君：你。

③采撷：采摘。

文意解读

红豆生长在南方，到了春天不知发出多少枝条？希望你多多采摘，这小小红豆最能表达相思之情。

积雨辋川作

王维

积雨空林烟火迟，
蒸藜炊黍饷东菑。
漠漠水田飞白鹭，
阴阴夏木啭黄鹂。
山中习静观朝槿，
松下清斋折露葵。
野老与人争席罢，
海鸥何事更相疑。

特别注释

①积雨：久雨。
②烟火迟：因久雨林野润湿，故烟火缓升。
③藜：这里指蔬菜。
④黍：指饭食。
⑤菑：开荒。

文意解读

下了好久的雨，林野潮湿烟火难升，农妇蒸了藜菜，煮好黍饭，送给在东边田里做活的人吃。雨后迷茫的水田上飞着白鹭，夏日浓阴，传来黄鹂婉转的啼声。我素喜习静，早上去看木槿花，又在松树下准备斋食，去采摘带露水的嫩葵叶。我已经与世无争了，海鸥为什么还要对我猜疑？

与大家晤面 李白

(公元701年—公元762年)

唐代诗人。字太白，号青莲居士，祖籍陇西成纪（今甘肃静宁西南）人。盛唐最杰出的诗人，也是我国文学史上继屈原之后又一位伟大的浪漫主义诗人。好饮酒，素有“李白斗酒诗百篇”之说，被后世尊为“诗仙”。

李白 — 子夜吴歌

长安一片月，万户捣衣声。
秋风吹不尽，总是玉关情。
何日平胡虏，良人罢远征？

特别注释

①长安：今陕西西安。

②捣衣：洗衣时将衣服放在砧石上，用棒敲打。

③玉关情：指怀念玉门关外远戍的丈夫的相思之情。

④平胡虏：平定侵扰边塞的敌人。

⑤良人：指丈夫。

⑥罢：结束。

文意解读

长安城里一片月色，传来千家万户捣衣的声音。秋风无法吹尽的，是对玉门关外远戍的丈夫的相思之情。什么时候才能平定侵扰边塞的敌人，丈夫可以停止远征回到我的身边呢？

李白 — 春思

燕草如碧丝，秦桑低绿枝。
当君怀归日，是妾断肠时。
春风不相识，何事入罗帏？

特别注释

①燕草：燕地的春草。征夫所在之地。

②秦桑：秦地的桑树。思妇所居之处。

③怀归：想家。

④罗帏：丝织的帘帐。

文意解读

燕地的春草像碧绿的青丝一样，秦地的桑树低垂着碧绿的枝条。当你想家的日子，也正是我想你想得断肠的时候。春风和我互不相识，又为什么要吹到我的罗帐中来呢？

金陵酒肆留别

李白

风吹柳花满店香，吴姬压酒劝客尝。
金陵子弟来相送，欲行不行各尽觞。
请君试问东流水，别意与之谁短长。

文意解读

微风吹拂柳絮满店飘香，吴地女子捧出好酒请客人品尝。金陵的年轻人来为我送行，大家一起喝干了杯中酒。请你试着问问这东流的河水，离情别意与它相比谁短谁长？

特别注释

①吴姬：吴地女子。
②压酒：新酒酿熟时，压紧榨床取酒。
③金陵：今江苏南京。
④子弟：年轻人。
⑤尽觞：喝干杯中酒。

静夜思

李白

床前明月光，疑是地上霜。
举头望明月，低头思故乡。

特别注释

①静夜思：宁静的夜晚所引起的乡思。
②疑：好像，以为。
③举头：抬头。

文意解读

那透过窗户照在床前的明亮的月光，好像是地上一层层寒冷的清霜。抬头望着天上的明月，总不免低下头来思念着自己久违的家乡。

李白 独坐敬亭山

众鸟高飞尽，孤云独去闲。
相看两不厌，只有敬亭山。

特别注释

①敬亭山：在今安徽宣城县北，原名昭亭山，风景秀丽。山上旧有敬亭，是南齐谢朓吟咏处。

②闲：悠闲。

③两不厌：诗人把山拟人化了，觉得自己与敬亭山相互看不够。厌，满足，厌倦。

文意解读

成群的鸟儿高飞得无影无踪，只剩下一片白云独自悠闲地飘去。谁能理解我此时的心情，和我整日相对却总不厌倦的，只有这高高的敬亭山了。

李白 行路难

金樽清酒斗十千，玉盘珍羞直万钱。
停杯投箸不能食，拔剑四顾心茫然。
欲渡黄河冰塞川，将登太行雪满山。
闲来垂钓碧溪上，忽复乘舟梦日边。
行路难，行路难，多歧路，今安在？
长风破浪会有时，直挂云帆济沧海。

特别注释

①斗十千：一斗酒值十千钱，是说酒美价高。

②珍羞：精美的菜肴。“羞”，同“馐”。

③箸：筷子。

④歧路：岔路。

⑤济：渡。

→《春夜宴桃李园图》·盛茂烨
画面表现皓月之下，桃李花开凝烟，诗人李白与诸文士饮酒作诗的场景。

文意解读

金色的酒杯斟满清冽的美酒，一杯要十千钱，玉盘里的精美菜肴价值万文钱。面对如此佳肴美酒，我却放下酒杯、停下筷子，不能下咽，拔剑四望，心中一片茫然。想渡过黄河却被坚冰阻塞，想登上太行山却被满山的白雪阻拦。闲来无事坐在溪边垂钓，忽然又梦见乘船从白日边经过。行路困难，行路困难，这么多岔路，现在我要往哪里走？总会有那么一天，我会乘风破浪，风帆高挂，远渡大海。

将进酒

李白

君不见黄河之水天上来，奔流到海不复回。
君不见高堂明镜悲白发，朝如青丝暮成雪。
人生得意须尽欢，莫使金樽空对月。
天生我材必有用，千金散尽还复来。
烹羊宰牛且为乐，会须一饮三百杯。
岑夫子，丹邱生，将进酒，杯莫停。
与君歌一曲，请君为我侧耳听。
钟鼓馔玉不足贵，但愿长醉不愿醒。
古来圣贤皆寂寞，惟有饮者留其名。
陈王昔时宴平乐，斗酒十千恣欢谑。
主人何为言少钱，径须沽取对君酌。
五花马，千金裘，呼儿将出换美酒，
与尔同销万古愁。

文意解读

你有没有看见那滔滔的黄河之水，像是从天上倾泻而来一般？滚滚而下，流到东海一去不复返。你有没有看见高堂之上悬挂着的那面明镜，像是在默默地悲叹这一头白发？早晨还是满头青丝，到了晚上却已是白发苍苍。人生在世，得意的时候应尽情欢乐，不要让酒杯空对明月。老天造就了我这栋梁之材，一定会有我的用武之地，即使千两黄金散尽了，也会再重新得到。杀羊宰牛姑且尽情享乐，我们应该干上三百杯。岑夫子，丹邱生，赶快喝酒，不要停下。我为你们高唱一曲，请你们侧耳细听。贵族的奢华生活并不珍贵，但愿永远沉醉不愿清醒。自古以来那些圣贤们都感到孤独寂寞，唯有寄情美酒的人，才能留下美名。过去陈思王曹植曾在平乐观大摆宴席，即使一斗酒价值十千也在所不惜，恣意畅饮。主人你为什么说钱已经不多了，不要犹豫，快去买酒来让我们喝个够。牵来名贵的马，拿出价值千金的皮衣，统统用来换成杯杯美酒，和你们一起打发这万古愁思。

特别注释

①将：请。

②雪：白发。

③会须：应该，应当。

④岑夫子：即岑勋，李白的朋友。

⑤丹邱生：即元丹邱，也是李白的好友。

⑥钟鼓馔玉：泛指贵族的奢华生活。钟鼓，指富贵人家宴饮时演奏的音乐；馔玉，精美的饭食。

⑦陈王：曹操的儿子曹植。

⑧径须沽取：应该毫不犹豫地去买酒。径须，只管。

⑨五花马：名贵的马。

⑩千金裘：价值千金的皮衣。

李白｜早发白帝城

朝辞白帝彩云间，
千里江陵一日还。
两岸猿声啼不住，
轻舟已过万重山。

特别注释

①白帝：白帝城，最早叫鱼腹，西汉末年公孙述割据四川时，将此改称白帝城。

②彩云间：极言其地势之高。

文意解读

早晨告别彩云缭绕的白帝城，到千里之外的江陵一日就可回返。两岸猿猴的啼鸣声还在耳边回荡不已，轻快的小舟已驶过了万重山峦。

李白｜清平调三首（其一）

云想衣裳花想容，
春风拂槛露华浓。
若非群玉山头见，
会向瑶台月下逢。

特别注释

①想：向往、企及。

②槛：栏杆。

③露华：露水、露珠。

④会：应。

文意解读

云彩向往你那动人的服饰，花儿羡慕你那美丽容颜，春风骀荡，轻拂栏杆，美丽的牡丹花在晶莹的露水中显得更加娇艳。你的美像仙女一般，如果不是在仙境般的群玉山见到你，那么也只有在西王母的瑶台才能欣赏你的容颜。

李白 | 清平调三首（其二）

一枝红艳露凝香，云雨巫山枉断肠。
借问汉宫谁得似？可怜飞燕倚新妆。

文意解读

你如同那娇艳的牡丹花，沾满了浓浓露珠，凝集了馥郁的香气。你与君王鱼水相偕，无比欢爱。传说中与楚王在巫山相会的神女，和你相比较，也是大为逊色。请问昔日汉宫之中谁能像你这样貌美出众，能得到皇帝的宠幸？大概只有那位身轻如燕、能在手掌上舞蹈的赵飞燕了吧！

特别注释

①云雨巫山：指巫山神女。

②飞燕：赵飞燕，汉成帝的皇后，古代著名美女。

③妆：修饰打扮。

↓清代苏六朋所作《清平调图》，现藏于广州美术馆。

李白 | 清平调三首（其三）

名花倾国两相欢，常得君王带笑看。
解释春风无限恨，沉香亭北倚栏干。

特别注释

①名花：指牡丹花。

②倾国：指杨贵妃，因汉代李延年写美人有“一笑倾人城，再笑倾人国”之句，故有此说法。

③沉香亭：用沉香木建造的亭子。

④倚栏干：指唐明皇与杨贵妃一同倚栏杆赏牡丹花。

文意解读

高贵的牡丹，倾国的美人，两相映照，更赢得了君王的欢心，使得他面带笑容时时观看。而今这春风无限惆怅，它深深感到它已到了可告消解的时候了。你看，君王正倚靠在沉香亭北边的栏杆上出神地望着名花和美人呢！

李白｜月下独酌

花间一壶酒，独酌无相亲。
举杯邀明月，对影成三人。
月既不解饮，影徒随我身。
暂伴月将影，行乐须及春。
我歌月徘徊，我舞影零乱。
醒时同交欢，醉后各分散。
永结无情游，相期邈云汉。

特别注释

①独酌：一个人饮酒。

②不解饮：不会饮酒。

③徒：空。

④及春：趁着青春年华。

⑤月徘徊：明月随我来回移动。

⑥无情游：因月亮及影子均非人类，故称之为脱离世俗人情的一种交游。

⑦邈：遥远。

⑧云汉：银河。

文意解读

在花丛中摆上一壶美酒，我自斟自饮，身边没有一个知己。举杯向天，邀请明月来共饮，与我的影子相对，便成了三人。但是明月不懂得畅饮的乐趣，我只得暂时伴着明月、清影，趁此良辰美景及时行乐。我酒酣耳热、忘形高歌的时候，明月便在云间徘徊，仿佛在倾听我的歌声。当我在月下起舞的时候，影子便随我蹁跹。清醒时我与你一同分享欢乐，沉醉便要各自离散。让我们结成永恒的友谊，来日相聚在遥远的银河之畔吧。

李白 望庐山瀑布

日照香炉生紫烟，遥看瀑布挂前川。
飞流直下三千尺，疑是银河落九天。

特别注释

①香炉：香炉峰，是庐山西北部的一座高峰。

②紫烟：傍晚山头的云气呈紫色。

③九天：天的最高处。

文意解读

阳光照耀下的香炉峰上飘荡着紫色的烟雾，远远看去瀑布像一匹白练般挂在山前。湍急的水流从高山之巅直泻而下，那激越的水柱从峭壁上一泻千尺，恍惚间好像银河从云端坠落。

←明代画家沈周所作《庐山高图》，现藏于中国台北故宫博物院。

李白 — 夜宿山寺

危楼高百尺，手可摘星辰。
不敢高声语，恐惊天上人。

文意解读

这座楼真高啊，好像有一百尺的样子，站在上面，似乎伸手就可以将天上的星星摘下来。我不敢大声说话，生怕惊扰了住在天上的仙人们。

特别注释

①危楼：高楼，这里指建在高山上的寺院。

②百尺：一百尺，形容非常高的样子。

③天上人：指住在天上的神仙。

李白 — 客中作

兰陵美酒郁金香，
玉碗盛来琥珀光。
但使主人能醉客，
不知何处是他乡。

特别注释

①兰陵：在今山东枣庄。

②郁金香：一种香草。古人用以浸酒，浸后酒色金黄。

③琥珀：一种树脂化石，呈黄色或赤褐色，色泽晶莹。这里形容美酒色泽如琥珀。

文意解读

兰陵的美酒散发出浓郁醇香的郁金香味，用晶莹的玉碗盛来，闪烁着琥珀般的光彩。主人殷勤劝酒，客人尽情欢醉，不知不觉竟忘记自己是身在异乡了。

→《春夜宴桃李园图》·盛茂烨

画面上古木新枝初露，文人秉烛饮酒而谈，各具神态，闲适生动，笔墨谨精而率意。

李白 | 送友人入蜀

见说蚕丛路，崎岖不易行。
山从人面起，云傍马头生。
芳树笼秦栈，春流绕蜀城。
升沉应已定，不必问君平。

特别注释

①蚕丛：传说中古代蜀王之名，这里代指蜀地。

②秦栈：从秦入蜀的栈道。

③升沉：登进和沦落。旧时指仕途得失进退或际遇的幸与不幸。

④君平：西汉人严君平，隐居不肯为官，曾在成都以算命占卜为生。

↑ 《明皇幸蜀图》(局部)·唐·李昭道

画中崇山峻岭间一队骑旅自右侧山间穿出，向远山栈道行进，南方一骑者着红衣（明皇）乘三花黑马正待过桥。画中山势突兀，白云萦绕，充分表现出了当时蜀道之难行。

文意解读

听说去蜀地的道路崎岖险阻，很不好走。笔直的山峰耸立在人的面前，白云升起在马头的旁边。芳树笼罩着从秦地入蜀的栈道，春江环绕着美丽的成都城。仕途的得失进退是命中注定的，不必去问那成都算命的人。

秋登宣城谢朓北楼

李白

江城如画里，山晚望晴空。
两水夹明镜，双桥落彩虹。
人烟寒橘柚，秋色老梧桐。
谁念北楼上，临风怀谢公。

→ 文化名楼谢朓楼

特别注释

①谢朓楼：在安徽宣城阳陵山顶。谢朓是南齐诗人，此楼是他任宣城太守时所建。

②江城：指宣城。

③两水：指环绕宣城的宛溪、句溪。

④双桥：指宛溪上的凤凰、济川两座桥。

⑤彩虹：指水中的桥影。

⑥谢公：指谢朓。

文意解读

宣城风景如画，傍晚站在北楼上观赏晴空晚景。宛溪、句溪水流清澈，凤凰、济川二桥倒映水中。炊烟笼罩下的橘树和柚树，显出清冷的寒意；秋意浓浓，梧桐叶纷纷落下。谁会想到在这北楼上，还有人面对秋风怀念诗人谢朓呢！

崔颢 长干行四首(其一)

君家何处住？妾住在横塘。
停船暂借问，或恐是同乡。

与大家晤面 崔颢

(？—公元754年)

唐代诗人。汴州(今河南开封)人。他足迹遍及江南塞北，诗歌内容广泛，风格多样，清新流畅，情调昂扬。但留存作品却仅有四十余首。

文意解读

你的家住在哪里？我的家就住在横塘。暂时抛下船锚一同聊聊天，也许我们还是同乡呢。

特别注释

①横塘：在今江苏南京西南，与长干相近。

②妾：古代女子用于自称的谦词。

崔颢 长干行四首(其二)

家临九江水，来去九江侧。
同是长干人，自小不相识。

文意解读

我们家就住在江边，来来往往都在大江两岸。虽然我们同是长干人，从小却没有见过面。

特别注释

①九江：泛指江水而言。不是指浔阳的九江。

②长干：古代金陵（今南京）的巷名，在今南京市以南。

③自：一作“生”。

崔颢 | 黄鹤楼

↑四大历史文化名楼之黄鹤楼

昔人已乘黄鹤去，此地空余黄鹤楼。
黄鹤一去不复返，白云千载空悠悠。
晴川历历汉阳树，芳草萋萋鹦鹉洲。
日暮乡关何处是？烟波江上使人愁。

特别注释

①昔人：指传说中骑鹤的仙人。

②黄鹤楼：故址在今湖北省武汉市蛇山的黄鹄矶头。

③历历：清楚分明。

④萋萋：草木茂盛的样子。

⑤鹦鹉洲：唐代时位于洛阳西南长江中，后被江水冲没。传说东汉末年，作过《鹦鹉赋》的祢衡被江夏太守黄祖杀于此地，因此而得名。

文意解读

传说中骑鹤的仙人早已乘着黄鹤飞去，这里只留下那空荡荡的黄鹤楼。

黄鹤飞去后就再也没有回来，千百年来只有白云悠悠飘浮。

晴朗的汉江平原上，是一片片郁郁葱葱的树木和茂密的芳草，它们覆盖着寂寞的鹦鹉洲。

天色已晚，放眼远望，哪里是我的故乡呢？江上的烟波缥缈迷茫，不禁使人生出无限的哀愁。

与大家晤面 储光羲

（约公元707年—约公元762年）

盛唐山水田园诗人，润州延陵（今江苏丹阳南）人。与李白、杜甫、王维等人素有交往，诸家诗集中多有他的作品和事迹。晚年，其诗多写田园生活的闲适情趣，有人把他比做晋代的陶渊明。

储光羲 | 洛阳道

大道直如发，春日佳气多。
五陵贵公子，双双鸣玉珂。

特别注释

①佳气：美丽的风光。

②五陵：长安附近汉代五个皇帝的陵墓，代指贵族居住之地。

③玉珂：马笼头上玉制的饰品。

文意解读

洛阳城里的大道像头发一样笔直，春日到处都风景宜人。五陵的贵族公子结伴骑马春游，马笼头上的饰物发出清脆的撞击声。

常建｜题破山寺后禅院

清晨入古寺，初日照高林。
曲径通幽处，禅房花木深。
山光悦鸟性，潭影空人心。
万籁此都寂，但余钟磬音。

与大家晤面 常建

（生卒年不详）

唐代诗人。长安（今陕西西安）人。写过不少山水田园诗，边塞诗也写得不同凡响，别具一格。

特别注释

①高林：佛家指僧徒聚集之处。
②禅房：僧侣的住房。
③万籁：各种声响。
④钟磬：僧人念经时，鸣钟表示开始，击磬表示结束。

文意解读

清晨走进古寺，初升的太阳照耀着高耸的树木。曲折的小路通向幽静的地方，那里是被花木遮住的禅房。山光明净，鸟儿愉快地歌唱，深潭倒影，使人心境更加空灵。各种声响都沉寂了，只听见钟磬的回声久久地萦绕在我的耳畔。

刘长卿｜听弹琴

泠泠七弦上，静听松风寒。
古调虽自爱，今人多不弹。

与大家晤面 刘长卿

（？—约公元789年）

唐代诗人。字文房，河间（今属河北）人。其诗气韵流畅，意境幽深，婉而多讽，以五言擅长，自诩为“五言长城”。

文意解读

七弦琴上弹奏出清新悠扬的曲子，静静地听就像寒风吹入松林那样凄清。我虽然十分喜爱古老的曲调，但现在的人弹奏的不多了。

特别注释

①泠泠：形容声音清越。
②古调：古老的曲调。

刘长卿 | 逢雪宿芙蓉山主人

日暮苍山远，天寒白屋贫。
柴门闻犬吠，风雪夜归人。

特别注释

①白屋：茅草屋。
②犬吠：狗叫。

文意解读

日落西山、夜幕降临，连绵的山峰在苍茫的暮色中显得更加深远；天气寒冷，茅草屋显得更加清贫。柴门外传来狗的叫声，原来是夜里有人冒着风雪回家！

刘长卿 | 送灵澈上人

苍苍竹林寺，
杳杳钟声晚。
荷笠带夕阳，
青山独归远。

特别注释

①杳杳：深远处。
②荷笠：斗笠挂在背上。

文意解读

苍翠的竹林寺，远远传来晚钟的声音。斗笠挂在背上，披着落日的余晖，独自一人向青山走去。

杜甫 江南逢李龟年

岐王宅里寻常见，
崔九堂前几度闻。
正是江南好风景，
落花时节又逢君。

与大家晤面 杜甫

(公元712年—公元770年)

唐代诗人。字子美，诗中尝自称“少陵野老”，祖籍襄阳(今属湖北)，自其曾祖时迁居巩县（今河南巩义）。诗人杜审言之孙，与“诗仙”李白齐名，并称“李杜”，被后世尊称为“诗圣”。他的作品被称为“诗史”。

文意解读

过去曾和您在岐王府中时常会面，也曾多次在崔九家堂前听您唱歌。现在正是江南景色最美好的时候，在这落花时节再次遇见您真是一件幸事啊。

特别注释

①李龟年：唐代著名歌唱家，安史之乱后流落到江南。

②岐王：李范，唐玄宗李隆基的弟弟，受封岐王，喜欢结交各样朋友，接待各方人士。

③寻常：时常，经常。

④崔九：崔涤，在兄弟中排行第九，故名。他是唐玄宗李隆基的宠臣，也喜欢结交诗友。

⑤江南：这里指今湖南省一带。

⑥落花时节：暮春，通常指阴历三月。

⑦君：您。这里指李龟年。

杜甫 — 八阵图

功盖三分国，
名成八阵图。
江流石不转，
遗恨失吞吴。

特别注释

①盖：超过。

②三分国：指三国时魏、蜀、吴三国。

文意解读

三分天下功业盖世，创制八阵图成就名声。江水冲击石阵岿然不动，未能吞并吴国而留下永久的遗憾。

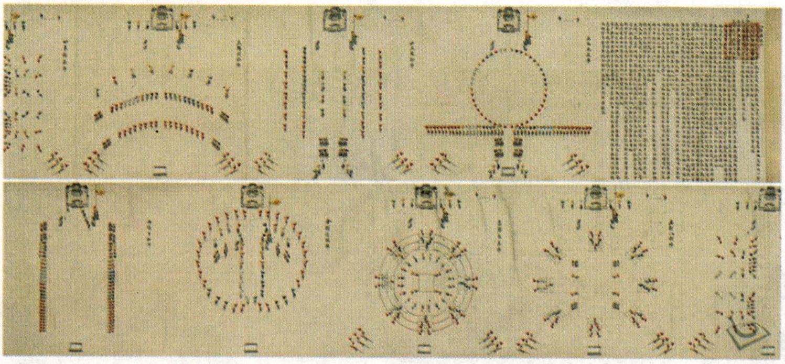

→国画珍品《八阵图》

杜甫 — 绝句

两个黄鹂鸣翠柳，
一行白鹭上青天。
窗含西岭千秋雪，
门泊东吴万里船。

特别注释

①窗含：从窗口可以看到的。

②西岭：指岷山，岷山在成都西，岭后积雪长年不化。

③千秋雪：千年不化的积雪。千秋，形容时间很长。

④东吴：今江苏、浙江两省东部地区，古代属于吴国。

文意解读

两只黄鹂鸟在翠绿的柳枝上鸣叫，一行白鹭飞上碧蓝的天空。从窗口远望可见西山终年不化的积雪，门前停泊着来自东吴远行万里的船只。

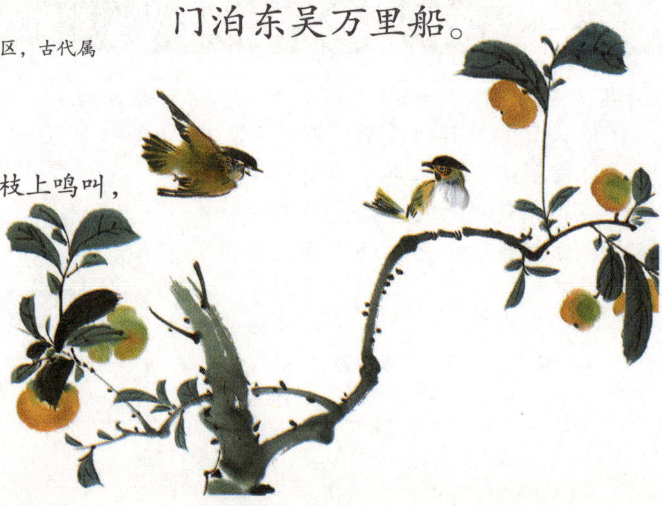

杜甫 — 月夜

今夜鄜州月，闺中只独看。
遥怜小儿女，未解忆长安。
香雾云鬟湿，清辉玉臂寒。
何时倚虚幌，双照泪痕干！

特别注释

①闺中：指自己的妻子。
②长安：以被拘禁之地代指自己。

文意解读

今晚鄜州城里的月亮，只有独守在家的妻子一人可以看见。想起远在家中可怜的一双儿女，还不知道他们思念的父亲已在长安城中被囚。雾气打湿了妻子的头发，清冷的月光照得她手臂寒冷。何时才能一起靠着透明的帷幔，两人一起赏月，不再为分别而伤心流泪。

杜甫 — 蜀相

丞相祠堂何处寻？锦官城外柏森森。
映阶碧草自春色，隔叶黄鹂空好音。
三顾频烦天下计，两朝开济老臣心。
出师未捷身先死，长使英雄泪满襟。

特别注释

①自春色：言无人观赏。
②空好音：白叫得好听，却无人品听。
③频烦：频繁，连续。
④开济：开创大业，匡扶危时。

文意解读

到哪里去寻找丞相的祠堂？就在锦官城外柏树繁茂的地方。映着石阶的绿草无人欣赏，隔着树叶，黄鹂叫得再好听也无人品听。（刘备）三顾茅庐多次打扰询问天下大计，丞相作为两朝的开创与辅佐老臣鞠躬尽瘁。出师还没有取得最后胜利就先长逝而去，这使得后世的英雄常常泪满衣襟。

杜甫｜题玄武禅师屋壁

何年顾虎头，满壁画沧洲。
赤日石林气，青天江海流。
锡飞常近鹤，杯渡不惊鸥。
似得庐山路，真随惠远游。

特别注释

①顾虎头：晋代画家顾恺之的小名。
②沧洲：古称隐士所居之地。
③惠远：东晋时高僧，住庐山。惠，应作“慧”。

文意解读

不知哪一年，顾恺之曾在这墙壁上画了一幅沧洲的风景画。红日映照着石林，云雾缭绕，青天下江海日夜奔流。宝志和尚的禅杖惊飞白鹤道人的仙鹤，高僧乘木杯渡海却不惊动鸥鸟。看了这幅壁画，就好像找到出入庐山的道路，真的想要随慧远高僧远游。

杜甫｜玉台观

浩劫因王造，平台访古游。
彩云萧史驻，文字鲁恭留。
宫阙通群帝，干坤到十洲。
人传有笙鹤，时过北山头。

特别注释

①玉台观：故址在四川阆中，相传为唐宗室滕王李元婴任洪州刺史时所建。
②浩劫：佛塔的层级。
③鲁恭留：鲁恭王刘余，汉景帝之子。曾在毁孔子宅壁时发现古文《尚书》等书籍。
④干坤：代指玉台观的殿宇。
⑤十洲：神仙居住的地方。

文意解读

玉台观是滕王建造的，观看玉台观就好像看到鲁王所建的平台。壁画上萧史驻留在彩云中间，石碑上刻有滕王的序文，就像鲁恭王在灵光殿留下的文字。玉台观雄伟高耸，直通上天诸神，殿宇中的壁画画出了十洲仙界的神仙。人们传说听到笙鸣鹤叫，大概是晋人王子乔乘鹤飞过北山头吧。

杜甫 | 闻官军收河南河北

剑外忽传收蓟北，初闻涕泪满衣裳。
却看妻子愁何在，漫卷诗书喜欲狂。
白日放歌须纵酒，青春作伴好还乡。
即从巴峡穿巫峡，便下襄阳向洛阳。

特别注释

①剑外：剑门关以南，这里代指蜀中。

②蓟北：在今河北省北部。

③却看：再看，还看。

④愁何在：愁绪无影无踪。

⑤漫：胡乱地。

⑥放歌：放声高歌。

⑦青春：春天。

⑧巴峡：泛指长江在四川省境内的一段。

⑨巫峡：三峡之一，在今四川巫山东。

文意解读

剑门关外传来已经收复了蓟北的消息，刚刚听到这个消息惊喜得热泪流满衣裳。再看妻子的愁容早已无影无踪，胡乱地卷起书本高兴得要发狂。白天放声高歌还要开怀痛饮，明媚的春光伴我返回故乡。立即从巴峡穿过巫峡，顺流而下到达襄阳后再从陆路回洛阳。

杜甫 | 登高

风急天高猿啸哀，
渚清沙白鸟飞回。
无边落木萧萧下，
不尽长江滚滚来。
万里悲秋常作客，
百年多病独登台。
艰难苦恨繁霜鬓，
潦倒新停浊酒杯。

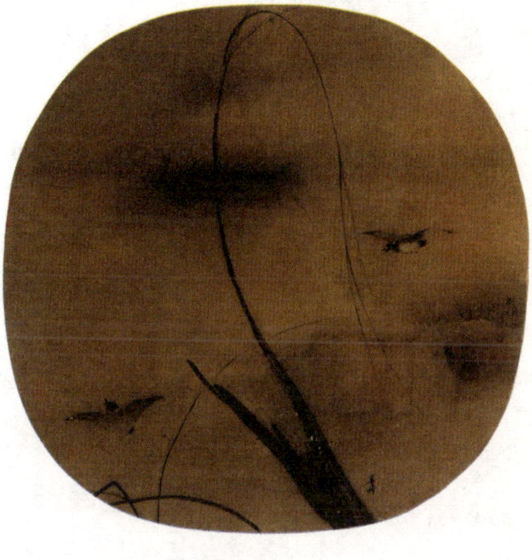

特别注释

①猿啸：猿长鸣声。

②渚：水中的小洲。

③飞回：指鸟被大风所吹，在空中盘旋。

④落木：落叶。

⑤萧萧：形容秋天树叶纷纷落下的声响和状态。

⑥万里：指离家乡之远。

⑦百年：指自己年事已高。

⑧繁霜鬓：即鬓角的白发越来越多。

文意解读

天高风急，猿啸声声无限悲哀，孤洲沙白，只有鸥鸟不时地飞回。无边无际的落叶纷纷飘落，奔流不息的长江滚滚而来。每到秋天就常常感叹自己漂泊他乡、年老多病，故而总是独自登临高台唏嘘不已。世事艰难啊，鬓角的白发越来越多，穷困潦倒啊，不得不放下这浇愁的酒杯。

杜甫｜咏怀古迹五首（其三）

群山万壑赴荆门，生长明妃尚有村。
一去紫台连朔漠，独留青冢向黄昏。
画图省识春风面，环佩空归月夜魂。
千载琵琶作胡语，分明怨恨曲中论！

特别注释

①明妃：指王昭君。
②朔漠：北方大沙漠。
③冢：高大的坟墓。

文意解读

群山万壑随着江流延伸到荆门，明妃王昭君生长的地方现在还有村落。一离开紫台就和北方大漠连在一起，只剩下一座长满青草的高大坟墓独立在黄昏中。仅凭画图约略地看到宫女的容貌，环佩声响，只有魂魄月夜归来。千年琵琶弹奏着胡地的曲调，其中明显地流露出心中的怨恨。

杜甫｜春望

国破山河在，城春草木深。
感时花溅泪，恨别鸟惊心。
烽火连三月，家书抵万金。
白头搔更短，浑欲不胜簪。

特别注释

①深：茂密的样子。
②花溅泪：看见花就泪水飞溅。
③鸟惊心：听到鸟的叫声使人心惊。
④烽火：这里指战争。
⑤浑欲：简直。

文意解读

山河依旧，我的国家却已沦陷，春天来临了，长安城中草木茂盛。每每感叹时事，看到花开也会流下眼泪，怨恨别离，听到鸟叫也禁不住心中惊悸。已经到了暮春三月，由于战事不断，这时的家书显得极为珍贵，甚至抵得上万两黄金。痛苦中我本就稀疏的白发越来越少，少得简直没法用簪子别了。

杜甫 | 携妓纳凉晚际遇雨（其一）

落日放船好，轻风生浪迟。
竹深留客处，荷净纳凉时。
公子调冰水，佳人雪藕丝。
片云头上黑，应是雨催诗。

特别注释

①竹深：指水边竹林茂密的地方。
②调冰水：用冰调制凉水，供人解暑。
③佳人：指歌妓。
④雪藕丝：把藕的白丝除掉。

文意解读

太阳落山，正是放船乘凉的好时机；清风吹拂，水面泛起微波。水边竹林的深处，正是留客的好去处；荷叶青青，正是歇凉的好去处。贵公子们用冰调制凉水，歌妓们除掉嫩藕的白丝。天上泛起乌云，大概是雨有意在催人作诗吧！

杜甫 | 携妓纳凉晚际遇雨（其二）

雨来沾席上，风急打船头。
越女红裙湿，燕姬翠黛愁。
缆侵堤柳系，幔卷浪花浮。
归路翻萧飒，陂塘五月秋。

特别注释

①沾：打湿。
②越女：越地的美女，代指歌妓。
③燕姬：燕地的美女，代指歌妓。
④缆：系船的绳子。
⑤萧飒：秋风声。
⑥陂：水塘，这里指丈八沟。
⑦五月秋：暴雨降后，天气转凉，好像到了秋天一样，故称五月秋。

文意解读

雨水打湿了座席，风急浪大拍打着船头。歌妓们的红裙被打湿，于是愁眉不展。大家赶快把缆绳系在柳树上，风雨吹打得船上的帐幔翻卷，浪花拍击着船头。回来的路上却有如秋风萧瑟，丈八沟的五月好像秋凉季节。

江畔独步寻花

杜甫

黄四娘家花满蹊，千朵万朵压枝低。
留连戏蝶时时舞，自在娇莺恰恰啼。

特别注释

①蹊：小路。

②恰恰：频频，不断。

文意解读

黄四娘家的小路上开满了鲜花，春花繁茂，又大又多，沉甸甸地把枝条都压弯了。彩蝶在花丛中嬉戏流连，不停地飞舞，娇媚的黄莺自由地翩翩飞舞，不时发出婉转的鸣叫声。

赠花卿

杜甫

锦城丝管日纷纷，
半入江风半入云。
此曲只应天上有，
人间能得几回闻。

文意解读

成都城中终日音乐不断，一半被江风吹散一半飘入云端。这悠扬的曲调只有天上才有，人间能够听到几回。

特别注释

①花卿：即花敬定，成都府尹崔光远的部将，曾因平叛立功。卿是对男子的美称。

②锦城：指成都。因成都旁有锦江，故而得名。

③丝管：弦乐和管乐，这里泛指音乐。

④纷纷：多而乱的样子。这里指看不见、摸不着的乐曲。

杜甫 — 月夜忆舍弟

戍鼓断人行，边秋一雁声。
露从今夜白，月是故乡明。
有弟皆分散，无家问死生。
寄书长不达，况乃未休兵。

文意解读

戍楼上的鼓声隔断了人们的来往，秋天的边塞一只孤雁在天际鸣叫。从今夜就进入了白露，月亮应该还是故乡的最明亮。有兄弟却都分散了，杳无音信，无法探问家人生死。寄的家书常常不能送到，何况战乱频繁没有停止。

特别注释

①舍弟：家弟。
②戍鼓：戍楼上的更鼓。
③行：交通。
④况乃：何况是。

杜甫 — 天末怀李白

凉风起天末，君子意如何？
鸿雁几时到，江湖秋水多。
文章憎命达，魑魅喜人过。
应共冤魂语，投诗赠汨罗。

特别注释

①天末：形容边塞的遥远，这里指秦州。
②君子：指李白。
③文章：泛指文学作品。
④魑魅：喻奸邪小人。
⑤过：经过。

文意解读

遥远的边塞刮起了凉风，你的心中有什么想法？我的信不知何时能够到达，江湖上风波险恶。文章好像跟命运敌对似的，文章写得好的人总是命运不济，山精水怪喜欢有人经过。你应该跟屈原的冤魂说说心里话，作首诗投进江里赠给他。

杜甫 — 旅夜书怀

细草微风岸，危樯独夜舟。
星垂平野阔，月涌大江流。
名岂文章著？官应老病休。
飘飘何所似？天地一沙鸥。

文意解读

微风吹拂着岸边的细草，高耸着桅杆的小舟在夜里孤独地停泊着。明亮的星星低垂着，原野辽阔，水中的月亮随着波浪涌动，大江奔流不息。名声怎么会是因为文章写得好才有的呢？做官倒是应该因为年老有病而罢休。命运漂泊不定像什么呢？就像广阔天地间的一只沙鸥罢了。

特别注释

①危樯：高高的船桅。
②独夜：孤独之夜。
③何所似：所像的是什么。

杜甫 — 登岳阳楼

特别注释

①坼：裂开。
②乾坤：天地。这里指整个宇宙。
③戎马：军事。
④轩：指岳阳楼上的栏杆。

昔闻洞庭水，今上岳阳楼。
吴楚东南坼，乾坤日夜浮。
亲朋无一字，老病有孤舟。
戎马关山北，凭轩涕泗流。

文意解读

以前就听说洞庭湖的水势浩大，今天登上了这座闻名遐迩的岳阳楼。东南面的吴地和楚地，似乎被割成了两个国家。洞庭湖的水域辽阔，整个宇宙就如日日夜夜在波涛上漂浮。望着这浩瀚的景象，想到我的亲友没有一点儿消息，而我如今又年迈多病，孤零零地停留在这只小舟上。在关山以北的地方依然战火不断，倚着岳阳楼上的栏杆远眺，默思着国难家愁，我忍不住涕泪交流。

杜甫 望岳

特别注释

①岱宗：指泰山。
②夫如何：怎么样呢？夫，语气词。
③造化：指天地、大自然。
④钟：聚集。
⑤阴阳：阴指山北，阳指山南。
⑥决眦：尽力张大眼睛，指极目远望。
⑦眦：眼眶。
⑧会当：一定要。

岱宗夫如何？齐鲁青未了。
造化钟神秀，阴阳割昏晓。
荡胸生层云，决眦入归鸟。
会当凌绝顶，一览众山小。

文意解读

泰山啊，你究竟有多么宏伟壮丽？青翠的山色望不到边际。大自然在这里凝聚了一切钟灵神秀，山南山北如同被分割为黄昏与白昼。望着层层云气飘然升腾，令人胸怀荡涤，尽力张大眼睛追踪那暮归的鸟儿隐入了山林。有朝一日，我一定要登上泰山的顶峰，把周围矮小的群山们一览无遗！

杜甫 春夜喜雨

特别注释

①知时节：像有灵知似的应时而下。
②发生：促使植物生长。
③潜：悄悄地。
④润物：使万物受到水分的滋养。
⑤红湿：指花朵沾雨。
⑥锦官城：即成都。

好雨知时节，当春乃发生。
随风潜入夜，润物细无声。
野径云俱黑，江船火独明。
晓看红湿处，花重锦官城。

文意解读

春天的好雨一定是应着时节而下的，那正是在植物萌发生长的时候。它随着春风在夜里悄悄地落下，滋润着大地万物悄然无声。乡间路与云一样黑，只有江船上的灯火格外明亮。早晨看见被雨打湿的红花，格外娇美红艳，整个锦官城变成了繁花盛开的世界。

杜甫 —— 秋兴

千家山郭静朝晖，日日江楼坐翠微。
信宿渔人还泛泛，清秋燕子故飞飞。
匡衡抗疏功名薄，刘向传经心事违。
同学少年多不贱，五陵裘马自轻肥。

特别注释

①信宿：连宿两夜。

②匡衡：西汉经学家。

③刘向：西汉经学家、目录学家、文学家。

文意解读

千家万户静静地沐浴在朝晖中，我天天去江边的楼上，坐着看对面青翠的山峰。渔人泛着小舟连续两天在船上过夜，已是清秋季节，燕子仍展翅自由飞翔。匡衡向皇帝直谏，他把功名看得很淡薄；刘向传授经学，怎奈事不遂心。年少时一起求学的同学大都已飞黄腾达，他们在长安附近的五陵，穿轻裘，乘肥马，过着富贵的生活。

杜甫 —— 清江

清江一曲抱村流，长夏江村事事幽。
自去自来梁上燕，相亲相近水中鸥。
老妻画纸为棋局，稚子敲针作钓钩。
多病所须惟药物，微躯此外更何求。

特别注释

①清江：清澈的江水，指浣花溪。

②长夏：长长的夏日。

③稚子：幼小的儿子。

④微躯：微贱的身体。

文意解读

清澈的江水曲折地绕村流过，长长的夏日里，村中的一切都显得幽雅。梁上的燕子自由自在地飞来飞去，水中的鸥鸟互相追逐嬉戏。妻子在纸上画着棋盘，小儿将针敲成鱼钩。我老了，多病的身体需要的只是治病的药物，除此之外，还有别的什么奢求呢？

杜甫 曲江二首（其一）

一片花飞减却春，风飘万点正愁人。
且看欲尽花经眼，莫厌伤多酒入唇。
江上小堂巢翡翠，苑边高冢卧麒麟。
细推物理须行乐，何用浮名绊此身。

特别注释

①减却春：减掉春色。
②苑：指曲江胜境之一芙蓉花。
③卧麒麟：古代帝王及贵族坟墓的墓道两旁，都立有石兽。
④物理：事物的道理。

文意解读

落下一片花瓣都要减掉春色，现在风吹花落将尽，实在使人烦恼。姑且看着花瓣从眼前几乎落尽，却不因为伤心而不饮酒。翡翠鸟在曲江楼堂上筑巢，原来雄踞的石麒麟现在倒卧在地上。仔细推究事物盛衰变化的道理，就应该及时行乐，不要被虚名牵绊。

杜甫 曲江二首（其二）

朝回日日典春衣，每日江头尽醉归。
酒债寻常行处有，人生七十古来稀。
穿花蛱蝶深深见，点水蜻蜓款款飞。
传与风光共流转，暂时相赏莫相违。

特别注释

①朝回：退朝回家。
②见：现。
③款款：缓慢地。
④风光：春光。

文意解读

上朝回来，天天去典当春天穿的衣服换钱，每天到江头喝醉了才肯回来。到处都欠着酒债，那是寻常的小事，因为“人生七十古来稀”，所以得及时行乐。蝴蝶在花丛深处穿梭，蜻蜓在水面款款而飞。传话给春光，希望与它一起流连盘桓，哪怕只是短时间也互相欣赏，彼此不要背离。

杜甫｜与朱山人

锦里先生乌角巾，园收芋栗未全贫。
惯看宾客儿童喜，得食阶除鸟雀驯。
秋水才深四五尺，野航恰受两三人。
白沙翠竹江村暮，相送柴门月色新。

特别注释

①锦里：指锦江附近的地方。

②乌角巾：黑色的角巾。“角巾”是古代隐士常戴的一种有棱角的头巾。

文意解读

锦江有位先生头戴黑色方巾，他的园子里每年可收获许多芋头和板栗，不能算是穷人。他家常有宾客来，孩子们都习惯了，总是乐呵呵的，鸟雀也常在台阶上觅食，它们已被驯服了。秋天锦江里的水深不过四五尺，在溪中航行的小船刚刚能容纳两三个人。天色已晚，那明净的白沙、翠绿的竹林和江畔村落，渐渐笼罩在夜色中。先生把我们送出柴门，此时一轮明月刚刚升起。

杜甫｜九日蓝田会饮

老去悲秋强自宽，
兴来今日尽君欢。
羞将短发还吹帽，
笑倩旁人为正冠。
蓝水远从千涧落，
玉山高并两峰寒。
明年此会知谁健，
醉把茱萸仔细看。

特别注释

①蓝田：即今陕西蓝田。

②强：勉强。

③倩：请，要求。

④蓝水：即蓝溪，在蓝田山下。

⑤玉山：即蓝田山。

⑥茱萸：植物名。香味浓烈，可入药。古代风俗，农历九月初九佩茱萸可避灾祛邪。

文意解读

人老了，又面对惨淡的秋光，看来只好强为欢笑来宽慰自己了。今日是重阳佳节，诸君会饮，我也来了兴致，要陪各位欢乐个痛快。惭愧的是我的头发稀短，怕帽子被风吹落，因此笑请旁人把帽子正一正。蓝溪的水是从远处的千沟万涧流出来的，玉山高危冷峻，两峰并峙。不知到了明年重阳节，今日这些登高的人哪个还会健在？不如多饮几杯，把茱萸多看看，佩之登高避邪，以图明年再相会。

岑参 逢入京使

故园东望路漫漫，双袖龙钟泪不干。
马上相逢无纸笔，凭君传语报平安。

文意解读

向东望去，故乡的路那么漫长，思乡的泪水沾湿了衣袖。与你骑马相逢，可叹没有纸笔，就请你替我给家里带一个平安的口信吧！

岑参 登总持阁

高阁逼诸天，登临近日边。
晴开万井树，愁看五陵烟。
槛外低秦岭，窗中小渭川。
早知清净理，常愿奉金仙。

特别注释

①总持阁：在终南山上。

②诸天：佛教认为天空是由各种“天”组成，总称诸天。这里形容楼阁之高。

③万井：形容井多，并非实指。

④槛：栏杆。

⑤清净理：指佛教修行参禅的一套道理。

文意解读

总持阁高耸云端，登上楼阁好像接近日边。天晴云开，万井之树尽收眼底，远看五陵烟雾弥漫，牵动人的愁思。凭栏俯视，秦岭也显得低矮；站在窗边，看那渭水也显得细小。早已知道佛家清净的禅理，希望自己能够经常侍奉佛像。

岑参 | 寄左省杜拾遗

联步趋丹陛，分曹限紫微。
晓随天仗入，暮惹御香归。
白发悲花落，青云羡鸟飞。
圣朝无阙事，自觉谏书稀。

特别注释

①联步：同步，一道走。
②丹陛：宫殿前涂有红漆的台阶。
③分曹：分在不同的官署。
④限紫微：隔着紫微中书省。
⑤入：上朝。
⑥阙：过失，弊病。

文意解读

我和你一同走上朝廷，分属两个官署而站立两边。天亮时随着皇上的仪仗队上朝，黄昏时沾染着御香炉中的香气回家。头发已经花白了，不由得悲叹那花儿的凋落，羡慕那些直上青云的飞鸟。如今皇帝圣明而没有过失，连劝谏的奏折都少了。

岑参 | 奉和中书舍人贾至早朝大明宫

鸡鸣紫陌曙光寒，莺啭皇州春色阑。
金阙晓钟开万户，玉阶仙仗拥千官。
花迎剑佩星初落，柳拂旌旗露未干。
独有凤凰池上客，阳春一曲和皆难。

特别注释

①阑：尽。
②万户：指宫门。
③剑佩：有饰物的宝剑。
④阳春：即“阳春白雪”，古代楚国高雅的乐曲。

文意解读

雄鸡报晓，略带寒意的曙光照在长安大街上，京城里黄莺婉转地啼叫，春色将尽。金殿的晓钟敲响，皇宫的一扇扇大门打开，玉阶前，文武百官簇拥着天子的仪仗。花儿映照着宝剑，星星刚刚落下，柳枝拂着旌旗，露水还没有干。独有在中书省做官的贾舍人，他的一首早朝诗就像阳春白雪，那悠扬的曲调使我们难以唱和。

皇甫冉——春思

莺啼燕语报新年，马邑龙堆路几千。
家住层城邻汉苑，心随明月到胡天。
机中锦字论长恨，楼上花枝笑独眠。
为问元戎窦车骑，何时返旆勒燕然。

与大家晤面 皇甫冉

（公元约717年—约公元770年）

唐代诗人。字茂政，润州丹阳（今江苏）人，“大历十才子”之一。诗多送别寄赠之作，于乱世后的社会状况亦有反映，语言工巧。

文意解读

黄莺叫、燕子鸣，一起报告新年来到，马邑、龙堆离这儿有几千里路。家在长安城中靠近皇宫，心却早已跟着明月一起到了胡地。织出锦字抒发绵长的恨意，楼上的花枝笑看一个人独睡。请问主将窦将军，什么时候才能够胜利班师回朝呢？

特别注释

①层城：指京城。
②元戎：主将。
③车骑：将军的名号。
④返旆：回师。旆，军中大旗。
⑤勒：将文字刻在山石上。

司空曙——喜见外弟卢纶见宿

静夜四无邻，荒居旧业贫。
雨中黄叶树，灯下白头人。
以我独沉久，愧君相见频。
平生自有分，况是蔡家亲。

与大家晤面 司空曙

（生卒年不详）

唐代诗人。字文明，洺州（今河北永年东）人。“大历十才子”之一，其诗多写羁旅之情，较长于五律。

特别注释

①旧业：指家中的产业。
②分：情分。
③蔡家亲：表亲，用羊祜与蔡邕的典故。

文意解读

寂静的夜晚四周没有邻居，因为家贫，我居住在荒野远郊中。枯黄的老树在风雨中落叶，灯下是白发老人。我这样孤独沉沦很久了，你多次来探望令我自愧难忍。平生我们就有情分，何况又是表亲。

司空曙 | 贼平后送人北归

世乱同南去，时清独北还。
他乡生白发，旧国见青山。
晓月过残垒，繁星宿故关。
寒禽与衰草，处处伴愁颜。

特别注释

①世乱：指安禄山发动叛乱，事在唐玄宗天宝十四年十一月。

②同：一起。

③旧国：故里。

④见青山：意谓只有青山如故，其他庐舍田园都已面目全非了。

⑤残垒：残余的工事。

文意解读

安史之乱时，你我一起流落江南，时局安定后，你却一个人独自回到北方。在他乡漂泊已生出了白发，回到家乡，只能看到青山依旧。在晓月的映照下，经过残破的壁垒，繁星满天的夜晚只能宿在原来的关塞。一路上只有哀鸣的寒禽和萋萋的衰草，处处伴随着你的是愁苦而衰老的容颜。

司空曙 | 云阳馆与韩绅宿别

故人江海别，几度隔山川。
乍见翻疑梦，相悲各问年。
孤灯寒照雨，深竹暗浮烟。
更有明朝恨，离杯惜共传。

特别注释

①故人：指韩绅。

②江海别：极言相隔之远。

③翻：反而。

④寒照雨：室内的孤灯照着窗外的秋雨，使人感到一股寒气逼人。

⑤离杯：饯别的酒。

⑥惜共传：指不忍心、不乐意喝这杯离别的酒。

文意解读

和老朋友自从江海阔别之后，被山水阻隔已有多少年难得见面，忽然相逢却疑心是在梦中，相互悲伤中互相询问年龄。孤灯冷冷地照着窗外的秋雨，竹林深处好像飘浮着云烟。最恼人的是明天又将分别，珍惜这杯离别的酒，互相劝饮，人生珍重。

司空曙｜别卢秦卿

知有前期在，难分此夜中。
无将故人酒，不及石尤风。

特别注释

①前期：以前约好的日期。

②石尤风：传说石氏女嫁给尤郎，感情甚笃。尤郎远行经商，妻子阻止不听。尤郎不归，其妻伤怀而死。

文意解读

送别你时，虽然已约好再相会的日期，但在这离别之夜，还是难舍难分。老朋友，请再留一留吧！虽然我的这杯酒不如那阻挡你远行的大风。

钱起｜送僧归日本

上国随缘住，来途若梦行。
浮天沧海远，去世法舟轻。
水月通禅观，鱼龙听梵声。
惟怜一灯影，万里眼中明。

特别注释

①上国：指唐朝。

②浮天：舟船浮于天际。

③禅寂：佛教悟道时清寂凝定的心境。

文意解读

随着佛法机缘来到中国居住，来的路途千难万阻，就像在梦中游走一般。在茫茫大海上航行，舟船仿佛在天际飘摇，去时乘着佛法的轻舟扬帆绝尘而去。水中月与清寂澄静的境界相通，海中的鱼龙也来听你诵经。最爱这盏佛灯，虽隔万里之遥，眼中依然明亮。

与大家晤面 钱起

（约公元720年—约公元782年）

唐代诗人。字仲文，吴兴（今浙江湖州）人。“大历十才子”之一，与郎士元齐名，并称“钱郎”。诗以五言为主，格律严谨，对仗工整，内容多送别酬赠之作。

钱起 逢侠者

燕赵悲歌士，相逢剧孟家。
寸心言不尽，前路日将斜。

特别注释

①侠：指以勇力抑强扶弱、仗义而为的人。
②剧孟：汉代的著名侠士，河南洛阳人。
③寸心：心事，心愿。

文意解读

燕、赵两地多慷慨悲歌的侠士，今天我们相逢在汉代著名侠士剧孟的故乡洛阳。许多心事向你倾诉不完，无奈太阳就要落山了。

钱起 江行望匡庐

咫尺愁风雨，匡庐不可登。
只疑云雾窟，犹有六朝僧。

特别注释

①匡庐：指江西庐山。
②窟：洞穴。

文意解读

风雨使我发愁，因为近在咫尺的庐山不能攀登。我怀疑在云雾缭绕的洞穴中，也许还有六朝时期的僧侣吧。

刘方平｜夜月

更深月色半人家，北斗阑干南斗斜。
今夜偏知春气暖，虫声新透绿窗纱。

与大家晤面 刘方平

（生卒年不详）

河南（今河南洛阳）人。长词赋，善画山水。与元德秀、皇甫冉友善，时有唱和。诗多咏物写景之作，尤擅绝句。

特别注释

①阑干：横斜的样子。形容北斗星即将隐没。

②偏知：出乎意料地感觉到。

③新：初。

文意解读

深夜，月光斜照着半边庭院，北斗星即将隐没，南斗星也已西斜。今晚才知道春天到了，气候已经转暖，虫叫声透过绿纱窗传了进来。

刘方平｜春怨

纱窗日落渐黄昏，金屋无人见泪痕。
寂寞空庭春欲晚，梨花满地不开门。

特别注释

①金屋：汉武帝刘彻小时候曾言愿意建筑金屋为了藏其表妹阿娇。

文意解读

纱窗外太阳慢慢落下，天色接近黄昏，没有人到金屋来，里面的人脸上挂着泪痕。寂寞空虚的庭院中春天即将逝去，梨花落了一地，但不见有人开门打扫。

与大家晤面 顾况

（约公元730年—公元806年后）

唐代诗人。字逋翁，自号华阳山人。苏州海盐（今属浙江）人。工于画山水，善为诗，诗多反映社会生活之作。

顾况 | 宫词

玉楼天半起笙歌，风送宫嫔笑语和。
月殿影开闻夜漏，水精帘卷近秋河。

特别注释

①月殿：月宫，这里借指被锁闭在幽宫里的宫女。
②漏：古代计时的工具。
③精：通“晶”。光泽，明亮。
④秋河：天河。

文意解读

高楼上奏起了笙歌，微风送来宫嫔们的欢声笑语。月宫影移，只听到更漏单调的嘀嗒声，卷起水晶般的珠帘，我似乎已靠近那遥远的天河了。

与大家晤面 戴叔伦

（公元732年—公元789年）

唐代诗人。字幼公，润州金坛（今属江苏）人。他的诗多表现隐逸生活和现实情调。

戴叔伦 | 江乡故人偶集客舍

天秋月又满，城阙夜千重。
还作江南会，翻疑梦里逢。
风枝惊暗鹊，露草泣寒虫。
羁旅长堪醉，相留畏晓钟。

特别注释

①千重：指千重万户。
②寒虫：秋虫。
③晓钟：报晓的钟声。

文意解读

秋高气爽，风清月圆，京城里夜色深重。还打算在京城与江南友人相会，反而怀疑是在梦中相逢。风吹动树枝，惊起藏在上面的乌鹊；露水打湿野草，寒虫凄切地鸣叫。身在他乡经常喝醉，相互挽留，害怕听到报晓天明的钟声。

戴叔伦 兰溪棹歌

凉月如眉挂柳湾，越中山色镜中看。
兰溪三日桃花雨，半夜鲤鱼来上滩。

特别注释

①越中：今浙江中部。

②桃花雨：桃花开时下的雨，指春雨。

文意解读

月光清朗，凉爽宜人，一弯如娥眉的明月挂在柳湾的上空，越中山色倒映在如镜的溪面上。淅淅沥沥的春雨连日不断，使得溪水猛涨，鱼群争相戏水，夜半人静之时纷纷涌上溪头的浅滩。

韩翃 酬程延秋夜即事见赠

长簟迎风早，空城澹月华。
星河秋一雁，砧杵夜千家。
节候看应晚，心期卧已赊。
向来吟秀句，不觉已鸣鸦。

与大家晤面 韩翃

（生卒年不详）

唐代诗人。字君平，南阳（今河南）人。“大历十才子”之一。其诗多为酬赠送别之作，在当时颇负盛名。

文意解读

长长的竹席早早地迎着凉爽的微风，空城中月光淡淡。银河中一只秋雁飞过，千家万户都在夜里捣衣。照节气看应该是晚秋了，心里想着要写诗酬答，所以睡得很晚。刚才吟诵你的诗句，不知不觉已经到了鸦叫天明的时候。

特别注释

①簟：竹席。

②月华：月光。

③节候：节气，时节。

④看：估量。

⑤赊：迟。

⑥向来：刚才。

韩翃｜寒食

春城无处不飞花，寒食东风御柳斜。
日暮汉宫传蜡烛，轻烟散入五侯家。

特别注释

①春城：暮春时的长安城。

②寒食：古代在清明节前两天的节日，禁火三天，只吃冷食，所以称“寒食”。

③御柳：皇城中的柳树。

④汉宫：这里指唐朝皇宫。

⑤传蜡烛：寒食禁火后，宫中以点燃的蜡烛作为火种，传赐近臣。

⑥五侯：汉成帝时封王皇后的五个兄弟王谭、王商、王立、王根、王逢时五人为侯，受到特别的恩宠。这里泛指天子的宠臣。

文意解读

暮春时的长安城里漫天飘舞着杨花，寒食节的东风吹斜了皇城中的柳树。傍晚宫中赏赐蜡烛给近臣，袅袅轻烟随风飘散，一直飘到了宠臣家中。

与大家晤面　韦应物

（约公元737年—约公元791年）

唐代诗人。京兆万年（今陕西西安）人。其诗以写田园风物著名，语言简淡。后人每以“陶韦”或“王孟韦柳”并称，把他归入山水田园诗派。

韦应物｜滁州西涧

独怜幽草涧边生，上有黄鹂深树鸣。
春潮带雨晚来急，野渡无人舟自横。

特别注释

①独怜：爱怜。

②春潮：二三月间河水盛涨，称为春潮，俗称桃花汛。

③急：猛，快。

④野渡：荒僻的渡口。

⑤横：横浮。

文意解读

我唯独爱怜那生长在涧边的幽幽青草，在茂密的树丛中还有黄莺鸟在林中鸣叫。带雨的春潮在傍晚时来势更湍急，在这郊野的渡口没有一个人影，只有那空空的渡船在水边静静地停泊着。

韦应物｜答李浣

林中观易罢，溪上对鸥闲。
楚俗饶词客，何人最往还。

特别注释

①易：指《周易》。
②饶：多。
③往还：往来。

文意解读

我在林中看完《周易》，就到溪边欣赏水中成双成对的鸥鸟相互嬉戏。楚地一向多诗人，你与谁应和酬唱往来最多呢？

卢纶｜塞下曲（其一）

林暗草惊风，将军夜引弓。
平明寻白羽，没在石棱中。

与大家晤面 卢纶

（公元748年—约公元799年）

唐代诗人。字允言，河中蒲（今山西永济）人。“大历十才子”之一，由于遭逢世乱，其诗多为伤时感世的忧伤之作，但有些诗却写得气势雄浑壮美，如《塞下曲》。

文意解读

昏暗的树林中，草突然被风吹得摇摆不定，飒飒作响，将军以为野兽来了，连忙开弓射箭。黎明时寻找射出的箭，发现它已经深深地嵌入石棱中。

特别注释

①草惊风：指风吹草动。
②平明：天刚亮。
③白羽：箭。
④没：嵌入。
⑤石棱：大石块的突出部分。

卢纶｜塞下曲（其二）

月黑雁飞高，单于夜遁逃。
欲将轻骑逐，大雪满弓刀。

特别注释

①月黑：没有月光。

②单于：匈奴首领的称谓。

③遁：逃跑。

④将：率领，带领。

⑤轻骑：轻装的骑兵。

文意解读

月亮被云遮掩，一片漆黑，大雁高飞，在这月黑风高的不寻常的夜晚，单于偷偷地逃跑了。将军发现敌军潜逃，想要率领轻骑兵追赶，正准备出发之际，突然下起纷纷扬扬的大雪，刹那间士兵的弓箭、箭鞘和兵器上落满了雪花。

李端｜听筝

与大家晤面 李端

（生卒年不详）

字正己，赵州（今河北赵县）人。“大历十才子”之一，以诗思敏捷受人称道。其诗多为送别应酬之作，尤喜作律体。

鸣筝金粟柱，素手玉房前。
欲得周郎顾，时时误拂弦。

特别注释

①筝：一种如琴的弹拨乐器。

②金粟柱：金粟，形容筝柱装饰的华贵。柱，是系弦的轴。

③素手：喻指女子。

④玉房：闺房。

文意解读

她弹奏起饰有金粟柱的古筝，发出优美的声音，洁白的手拨弄着琴弦在华丽的房舍前面。她故意时常拨错琴弦，是要想尽办法以博取周郎的青睐。

李益｜喜见外弟又言别

十年离乱后，长大一相逢。
问姓惊初见，称名忆旧容。
别来沧海事，语罢暮天钟。
明日巴陵道，秋山又几重。

与大家晤面 李益

（公元748年—约公元829年）

唐代诗人。字君虞，陇西姑臧（今甘肃武威）人。其诗歌成就主要在边塞诗方面，尤以七绝见长。

文意解读

经过了十多年的动乱流离，长大后在异地忽然相逢。初见时惊讶地问你的姓，说起名字才想起旧时的面容。相互谈起分别后经历的沧海桑田，长谈直到山寺敲响暮钟。明天你又要去往巴陵，我们又要隔山隔水相互思念了。

特别注释

①沧海事：指十多年来如同沧海桑田一般的世事变化。

②暮天钟：黄昏时寺院里传出的钟声。这句是极言二人叙旧的时间之长。

③巴陵道：通往巴陵的道路。

李益｜夜上受降城闻笛

回乐峰前沙似雪，受降城外月如霜。
不知何处吹芦管，一夜征人尽望乡！

文意解读

回乐峰前的沙地像白雪一样，受降城外月色如寒霜。这时，不知从何处传来一曲哀怨的笛声，整个晚上更加重了出征战士的思乡之情。

特别注释

①回乐：今宁夏灵武西南处。

②烽：烽火台。

③芦管：即芦笛，管乐器名，出于西域，胡人卷芦叶而吹。

④征人：出征在外的将士。

李益 江南曲

嫁得瞿塘贾，朝朝误妾期。
早知潮有信，嫁与弄潮儿。

特别注释

①瞿塘：长江三峡之一。
②贾：经商的人。
③潮有信：潮水涨落有一定的时间。
④弄潮儿：指能够迎潮而上，在激浪里进行表演的年轻人。

文意解读

我真后悔嫁给一个经常来往于瞿塘峡做生意的商人，他久久不返，再三耽误相会的佳期。假如早知江河中的潮水都能定期涨落，还不如嫁给一个弄潮儿。

孟郊 游子吟

慈母手中线，游子身上衣。
临行密密缝，意恐迟迟归。
谁言寸草心，报得三春晖。

与大家晤面 孟郊

(公元751年—公元814年)

唐代诗人。字东野，湖州武康（今浙江德清）人。孟郊写诗以寒苦之音著称，追求奇特的构思和瘦硬的语言风格，多表现下层民众和自己的贫寒生活及遭遇。与贾岛齐名，有“郊寒岛瘦”之称。

特别注释

①游子：离家在外的儿子。
②意恐：担心。
③寸草：小草，比喻游子。
④三春晖：春天的阳光，比喻母亲对子女的关心。

文意解读

慈母用手中的针线，为即将远行的儿子赶制衣衫。一针一线密密缝制，担心儿子回来得晚衣服破损。谁敢说子女小草般微弱的孝心，能够报答得了如春天的阳光般的慈母恩情呢？

孟郊 | 戏答

芙蓉初出水，菡萏露中花。
风吹着枯木，无奈值空槎。

特别注释

①菡萏：未开的莲花。

②槎：木筏。

文意解读

芙蓉花刚刚露出水面，莲花也刚刚含苞欲放，天还是乍暖还寒的时候，风儿吹动着枯木，空空木筏寂寞地停靠在一旁。

张继 | 枫桥夜泊

与大家晤面 张继

(生卒年不详)

唐代诗人。字懿孙，襄州（今湖北襄樊）人。他的诗写景状物，清丽自然，含义深刻，富有韵味。

月落乌啼霜满天，江枫渔火对愁眠。
姑苏城外寒山寺，夜半钟声到客船。

特别注释

①江枫：江边的枫树。

②渔火：渔船上的灯火。

③愁眠：指诗人怀着羁旅乡愁躺在船上，无法入睡。

④姑苏：苏州的别称。

⑤寒山寺：苏州著名的古刹之一，始建于六朝的梁代天监年间（公元502—公元519年），距今已1400多年。初名妙利普明塔院，又曾名枫桥寺，唐代贞观年间，更名为寒山寺。

文意解读

秋后的一个夜晚，月亮已经落下去了，不远的地方传来乌鸦悲凉的啼叫声，茫茫夜色中似乎弥漫着满天的霜华，江边的枫树红叶和渔船上的点点灯火相伴，我怀着旅途的忧愁，难以入眠。

夜已深，四周万籁俱寂，苏州城外寒山寺传出凄冷的钟声，悠悠然传到孤独的客船上。

张籍 | 没蕃故人

与大家晤面 张籍

（约公元767年—约公元830年）

唐代诗人。字文昌，苏州（今属江苏）人。虽是韩愈门下弟子，但其诗风却与白居易相近，擅长乐府诗，是新乐府运动的支持者。

前年戍月支，城下没全师。
蕃汉断消息，死生长别离。
无人收废帐，归马识残旗。
欲祭疑君在，天涯哭此时。

特别注释

①戍：这里指出征。
②月支：汉代时西域国名，这里指吐蕃。
③蕃：外邦。
④废帐：废弃的营帐。
⑤归马：逃回来的败军之马。

文意解读

前年出征到吐蕃，城下一战全军覆没。从此以后在外邦与朝廷断绝了消息，长久离别不知生死。没人收拾废弃的营帐，逃回来的战马好似认识残破的军旗。想要祭奠你，又怀疑你还活着，只好遥望远方对着天空哭泣。

王建 新嫁娘

三日入厨下，洗手作羹汤。
未谙姑食性，先遣小姑尝。

与大家晤面 王建

（约公元767年—约公元830年）

唐代诗人。字仲初，许州（今河南许昌）人。擅长乐府诗，与张籍齐名，世称“张王”。其以田家、蚕妇、织女、水夫等为题材的诗篇，对时政弊端及民生疾苦都有所反映。

特别注释

①三日：旧时习俗，女子婚后第三天要下厨房做菜，表示从今后要侍奉公婆。
②谙：熟悉。
③姑食性：婆婆的口味。
④小姑：丈夫的妹妹。

文意解读

结婚三天后，新嫁娘下厨房，她洗净双手开始做羹汤。不熟悉婆婆的口味，先送给小姑子尝尝。

韩愈 早春呈水部张十八员外郎

天街小雨润如酥，
草色遥看近却无。
最是一年春好处，
绝胜烟柳满皇都。

与大家晤面 韩愈

（公元768年—公元824年）

唐代文学家、哲学家。字退之。河南河阳（今河南孟州南）人，自谓郡望昌黎，世称韩昌黎。晚年任吏部侍郎，又称韩吏部。谥号“文”，又称韩文公。他反对六朝以来的形式主义的骈偶文风，大力提倡散体，和柳宗元共同领导了中唐古文运动。韩愈是唐代著名散文家，苏轼称他“文起八代之衰”。其诗亦别开生面，勇于创新，工于长篇古风，采用散文辞赋的章法笔调，气势雄浑，才力充沛，想象奇特，形成奇崛宏伟的独特风格，开创了李、杜之后的一个重要流派，纠正了大历以来的平庸诗风。

特别注释

①水部张十八员外：即张籍。他曾任水部员外郎。“十八”为兄弟间排行。
②天街：京城的街道。
③酥：比喻滑腻。

文意解读

京城的街道上飘着细润的小雨，绿茸茸的细草，远看似有，而近看似无。这种景致正是一年中最美的，远远胜过满城飘着柳絮的垂柳。

韩愈｜左迁至蓝关示侄孙湘

一封朝奏九重天，夕贬潮阳路八千。
欲为圣朝除弊事，肯将衰朽惜残年。
云横秦岭家何在，雪拥蓝关马不前。
知汝远来应有意，好收吾骨瘴江边。

特别注释

①左迁：降职调用。
②封：在此指谏书。
③朝奏：早上呈上奏章。
④九重天：皇帝居住的地方，借指皇帝。

文意解读

一封谏书清早奏给皇上，晚上就被贬谪到八千里路外的潮阳。我本想替皇上除掉有害的事情，岂肯因为年迈而顾惜生命呢？那云雾横阻在秦岭上空，我今后的归宿在哪里呢？蓝田关下，大雪拥塞，连车马也不肯前进。我知道你远道赶来的用意，为的是到瘴气多的江边收我的尸骨呀！

与大家晤面　刘禹锡

(公元772年—公元842年)

唐代文学家、哲学家。字梦得，洛阳（今河南）人。是柳宗元的好友，人称“刘柳”。他的诗有豪气，因此白居易称他“诗豪”。他的七律和七绝都有许多名篇，而用民歌体裁来写七绝更是他引人注目的闪光点，为唐诗中别开生面之作。

刘禹锡｜乌衣巷

朱雀桥边野草花，乌衣巷口夕阳斜。
旧时王谢堂前燕，飞入寻常百姓家。

特别注释

①乌衣巷：在今江苏南京秦淮河南岸，六朝时为贵族聚居的地方。
②朱雀桥：为乌衣巷入口附近秦淮河上的一座浮桥，面对朱雀门。
③花：动词，开花。
④王谢：东晋时声望、权势最显赫的王导、谢安两大贵族世家，他们都住在乌衣巷。
⑤寻常：平常，普通。

文意解读

在朱雀桥边，夕阳西下，斜照着已成沧桑的乌衣巷口。当年曾在王导和谢安家屋檐下筑巢的燕子，现在已飞进寻常百姓家里做窝了。

刘禹锡 | 竹枝词

杨柳青青江水平，闻郎江上踏歌声。
东边日出西边雨，道是无晴却有晴。

特别注释

①竹枝词：古代四川的民歌。

②踏歌：唱歌以脚踏地为节拍。踏，一作“唱”。

③晴：与“情”同音，谐音双关。

文意解读

岸边杨柳青青，江面水波平静，忽然听到情郎在江上唱歌的声音。东边太阳高照，西边却下着雨，说是没有晴天吧，却还有晴的地方。

白居易 | 赋得古原草送别

离离原上草，一岁一枯荣。
野火烧不尽，春风吹又生。
远芳侵古道，晴翠接荒城。
又送王孙去，萋萋满别情。

与大家晤面 白居易

(公元772年—公元846年)

唐代诗人。字乐天，晚年号香山居士。祖籍太原（今属山西），后迁居下邽（今陕西渭南北）。他倡导了“新乐府运动”，主张“文章合为时而著，歌诗合为事而作”。

特别注释

①离离：草本植物茂盛的样子。

②枯荣：枯萎和茂盛。

③远芳：伸向远方的无边荒草。

④侵：侵占、蔓延。

⑤晴翠：晴天的光照在草上反射出一片翠绿色。

⑥王孙：贵族，这里借指作者的朋友。

⑦萋萋：青草茂盛的样子。

文意解读

原野上的草非常茂盛，每年都要经历由枯萎到茂盛的过程。野火焚烧也烧不尽，春风吹过重新滋生。芳草延伸到古道上，灿烂的阳光照在草上反射出一片翠绿色，连接着荒凉的城堡。又要送你离开，茂盛的青草似乎也充满了离别之情。

白居易 大林寺桃花

人间四月芳菲尽，山寺桃花始盛开。
长恨春归无觅处，不知转入此中来。

特别注释

①大林寺：庐山香炉峰顶上的一座古寺。

②芳菲：香而美的花草。这里主要指花。

文意解读

孟夏四月时，别处的春花都凋谢了，高山古寺中，桃花却春意盎然，开得又盛又繁。人们常说春天走了再也没地方寻找，却没料到春天已悄悄地转移到这里来。

白居易 问刘十九

绿蚁新醅酒，红泥小火炉。
晚来天欲雪，能饮一杯无？

特别注释

①绿蚁：形容酒面上的浮渣、泡沫。

②无：表示疑问，相当于“否”。

文意解读

新酿的绿蚁酒醇香无比，小小的红泥炉烧得殷红，让人倍感温暖。晚上眼看着就要下雪了，老朋友，能否来同饮一杯？

白居易 钱塘湖春行

孤山寺北贾亭西，水面初平云脚低。
几处早莺争暖树，谁家新燕啄春泥。
乱花渐欲迷人眼，浅草才能没马蹄。
最爱湖东行不足，绿杨阴里白沙堤。

特别注释

①孤山：是西湖里湖和外湖之间的一座小山，孤峰独耸，清幽秀丽，可览西湖全景，为西湖名胜之一。

②云脚：指雨前或雨后接近地面的云气。

③争暖树：争着飞占向阳的树枝。

④啄：衔。

⑤迷人眼：令人目不暇接，眼花缭乱。

⑥行不足：游赏不厌。

文意解读

漫步孤山寺和贾亭边，西湖春水刚刚上涨与岸齐平，浮云、湖波连成了一片；有几处早早出窝的黄莺争着飞占向阳的树枝，那边不知是谁家新飞回来的燕子正忙着衔泥筑巢。各种各样的鲜花逐渐开放，多得令人目不暇接，初春的小草刚刚能遮盖住马蹄；西湖东边绿树成阴的沙堤，令人喜爱得流连忘返。

白居易｜暮江吟

一道残阳铺水中，半江瑟瑟半江红。
可怜九月初三夜，露似真珠月似弓。

特别注释

①铺：指太阳光斜照在江面上。

②瑟瑟：碧绿色宝石。这里形容背阴处的江水颜色。

③可怜：可爱。

④真珠：即“珍珠”。

文意解读

一道残阳斜照在江面上，江水一半呈现出碧绿色，一半呈现出红色。九月初三晚上的月亮非常可爱，露珠好像珍珠般晶莹，新月仿佛弯弓般美好。

李绅｜悯农（其一）

春种一粒粟，秋收万颗子。
四海无闲田，农夫犹饿死。

特别注释

①粟：谷子。这里指代所有粮食作物。

②子：植物的籽实。

③四海：泛指普天之下、全国。

④闲田：荒废闲置不种的土地。

文意解读

春天种下一颗种子，秋收时可以收获万颗子粒。普天之下并无闲置不种的田地，可是仍然有农夫活活饿死。

与大家晤面 李绅

（公元772年—公元846年）

唐代诗人。字公垂，无锡（今江苏）人。他与元稹、白居易交游颇密，并共同倡导“新乐府”，是中唐新乐府运动的倡导者之一。

李绅｜悯农（其二）

锄禾日当午，汗滴禾下土。
谁知盘中餐，粒粒皆辛苦。

特别注释

①锄禾：为庄稼锄草松土。
②餐：饭食。

文意解读

烈日当空时在田间为庄稼锄草松土，汗珠一滴滴掉在庄稼下面的土地上。有谁知道那盘中的饭食，每一粒都蕴含着农民的千辛万苦。

柳宗元｜江雪

千山鸟飞绝，万径人踪灭。
孤舟蓑笠翁，独钓寒江雪。

特别注释

①绝：绝灭，消失。
②径：小路。
③踪：指脚印。
④孤舟：孤单的一条小船。
⑤蓑笠翁：披蓑衣、戴斗笠的老头儿。蓑笠，用草编成的雨衣和帽子。

文意解读

群山寂静，鸟儿都飞走不见了踪影，条条小路上已经不见行人的足迹。一叶孤舟上，一位渔翁身披蓑衣、头戴斗笠，独自一人冒着严寒在江上垂钓。

与大家晤面 柳宗元

（公元773年—公元819年）

字子厚，河东解（今山西运城西）人。著名的散文家，“唐宋八大家”之一，与韩愈共同倡导了古文运动。其诗风格清峭，与韦应物齐名，世称“韦柳”。

柳宗元 — 溪居

久为簪组束，幸此南夷谪。
闲依农圃邻，偶似山林客。
晓耕翻露草，夜榜响溪石。
来往不逢人，长歌楚天碧。

特别注释

①簪组：官吏的冠饰。这里指做官。
②束：束缚。
③南夷：南方少数民族地区。这里指永州。
④谪：贬官流放。
⑤农圃：田园。
⑥偶似：有时好像。
⑦山林客：山林中的隐士。
⑧榜：划船。
⑨楚天：天空。永州旧属楚地。

文意解读

长久以来被公事所累，幸好被贬到南方少数民族地区。闲来无事，以农人的菜圃为邻，有时则像个山林中的隐士。早晨耕田，锄掉带着露水的野草，晚上划船游玩，船桨碰到溪石发出声响。独来独往，碰不到其他人，放声高歌，楚天一片碧绿。

柳宗元｜渔翁

渔翁夜傍西岩宿，晓汲清湘燃楚竹。
烟销日出不见人，欸乃一声山水绿。
回看天际下中流，岩上无心云相逐。

特别注释

①西岩：即西山，在今湖南零陵西湘江外。

②汲：取水。

③湘：湘江。

④楚：西山古属楚地。

⑤销：消散。

⑥欸乃：摇橹声。唐代湘中有棹歌《欸乃曲》。

⑦下中流：由中流而下。

文意解读

晚上渔翁靠在西山上休息，早上挑取湘江水，烧楚地的竹子做饭。太阳出来云雾散尽却不见人影，摇橹的声音从青山绿水中传出。回头望去，渔舟已在天边向下漂流，山上的白云随意追逐。

崔护｜题都城南庄

去年今日此门中，人面桃花相映红。
人面不知何处去，桃花依旧笑春风。

与大家晤面 崔护

（？—公元831年）

唐代诗人。字殷功，蓝田（今属陕西）人。年少时曾作《题都城南庄》诗，后传为“人面桃花”故事。

特别注释

①人面：一个姑娘的脸。下一句“人面”代指姑娘。

②笑：桃花盛开的样子。

文意解读

去年今天在这个院子里，姑娘姣好的面容与粉红的桃花相互映衬。现在不知道姑娘去了哪里，只有桃花依旧在春风中盛开。

元稹 行宫

寥落古行宫，宫花寂寞红。
白头宫女在，闲坐说玄宗。

与大家晤面 元稹

（公元779年—公元831年）

唐代诗人。字微之，河南（今河南洛阳）人。诗与白居易齐名，称“元白”。中唐新乐府运动的积极倡导者，其诗以乐府诗最具代表性。

特别注释

①行宫：指京城以外为准备皇帝巡游居住而建筑的宫室。

②寥落：冷落，空寂。

③玄宗：唐明皇李隆基的庙号。

文意解读

寂寞冷清的古代行宫，只有宫中的红花还在孤独地盛开着。满头白发的宫女们，闲坐在一起谈论着唐玄宗。

贾岛 寻隐者不遇

松下问童子，言师采药去。
只在此山中，云深不知处。

特别注释

①隐者：隐居山中以采药修炼为事的人。

②言：说。

③处：去处。

文意解读

在松树下，我向年少的学童询问他的师父去了哪里，他说师父已经采药去了山中，就在这座大山里，可是林深云密，谁都不知道他的行踪。

与大家晤面 贾岛

（公元779年—公元843年）

唐代诗人。字阆仙，范阳（今河北涿州）人。其早年出家为僧，法名无本，后还俗，屡试不第，被讥为“科场十恶”。其诗以五律见长，注重词句锤炼，刻苦求工。

张祜｜何满子

故国三千里，
深宫二十年。
一声何满子，
双泪落君前！

文意解读

故乡和亲人远在千里之外，我已在深宫里居住了二十年。听一曲《何满子》，忍不住在你面前掉下了眼泪。

与大家晤面 张祜

（约公元785年—约公元852年）

唐代诗人。字承吉，贝州清河（今属河北）人。以绝句见长，风格轻巧流畅，含意深远。

特别注释

①何满子：古时词牌名，是著名的悲歌曲调，多用为悲歌的代称。

②故国：故乡。

朱庆馀｜宫中词

寂寂花时闭院门，美人相并立琼轩。
含情欲说宫中事，鹦鹉前头不敢言。

特别注释

①花时：指美好的春天。

②美人：指宫女。

③琼轩：装饰富丽的长廊。

与大家晤面 朱庆馀

（生卒年不详）

唐代诗人。字可久，越州（今浙江绍兴）人。曾客游边塞，和张籍相交甚深。诗多五律，风格与张籍相近，内容多写个人生活，但辞意清新，描写细致。

文意解读

百花盛开，宫院却寂寂地紧闭着。美丽的宫女相依并立在华丽的长廊上。满怀幽情，都想谈谈宫中忧愁的事，却怕鹦鹉多舌而不敢把心里话说出来。

朱庆馀 近试上张籍水部

洞房昨夜停红烛，
待晓堂前拜舅姑。
妆罢低声问夫婿：
画眉深浅入时无？

特别注释

①舅姑：公婆。

②入时无：时髦否。无，表示疑问，相当于“否”。

文意解读

昨天夜里洞房里的花烛彻夜通明，等到天明就要上堂前拜见公婆讨个好评。打扮好了轻轻问郎君一声：我的眉毛画得浓淡时髦吗？

朱庆馀 南湖

湖上微风小槛凉，翻翻菱荇满回塘。
野船著岸入春草，水鸟带波飞夕阳。
芦叶有声疑露雨，浪花无际似潇湘。
飘然蓬艇东归客，尽日相看忆楚乡。

特别注释

①南湖：在今浙江省绍兴县，古时作“镜湖”，东汉太守马臻始筑塘立湖。

②槛：栏杆。

③翻翻：上下飞动的样子。

④荇：荇菜。一种多年生水生草木植物。

⑤疑露雨：疑惑正在滴露下雨。

⑥似潇湘：世人远游曾经过洞庭湖、望九嶷山，所以南湖景色使他有“似潇湘”的感觉和“忆楚乡”的怀念。

文意解读

斜倚着微凉的栏杆，感受南湖上轻拂的微风，湖塘中的荇草随风上下飞动，间或有几只小船儿驶入春草之中，被惊起的水鸟带着些许的湖水飞进夕阳之中。芦叶在微风的吹拂下轻轻拂动，不由得使我觉得像是在滴露下雨一般，何等的静谧啊！浪花细碎无边无际，令我仿佛置身潇湘的山水一般。乘着小船东归的我感受着眼前的美景，思念起楚地不由得黯然神伤。

许浑 | 早秋

遥夜泛清瑟，西风生翠萝。
残萤栖玉露，早雁拂金河。
高树晓还密，远山晴更多。
淮南一叶下，自觉洞庭波。

与大家晤面 许浑

（生卒年不详）

字用晦，润州丹阳（今江苏）人。其诗长于律体，多登高怀古之作。

文意解读

漫漫长夜中飘荡着清冷的瑟音，西风从翠萝边吹过来。残落的萤火虫栖息在晶莹的露珠上，早秋的大雁掠过银河。拂晓时高大的树木看起来更加浓密，远山在晴空下显得更加群山起伏。淮南落下一片树叶，我感到洞庭湖的秋天降落人间。

特别注释

①遥夜：长夜。
②翠萝：攀缘植物，也称“女萝”。
③玉露：白露。
④金河：银河。
⑤晓：拂晓，天亮。

许浑 | 秋日赴阙题潼关驿楼

红叶晚萧萧，长亭酒一瓢。
残云归太华，疏雨过中条。
树色随关迥，河声入海遥。
帝乡明日到，犹自梦渔樵。

特别注释

①长亭：常用来作为饯别之处，后泛指路旁亭舍。
②太华：华山。
③中条：山名，在山西永济县。
④迥：远。
⑤帝乡：指都城。

文意解读

傍晚，枫树在秋风的吹拂下飒飒作响，夜晚住宿在潼关驿楼。几朵残云向高耸的华山慢慢飘去，稀疏的秋雨洒落到中条山上。遥看树色随着潼关的山势连绵千里，奔腾咆哮的九曲黄河滔滔东去，汇入遥远的大海，涛声回旋激荡。明天就可以到达繁华的京城长安，但我还是眷恋着在故乡时那种自在逍遥的渔樵生活！

与大家晤面 温庭筠

（？—公元866年）

唐代诗人、词人。字飞卿，太原（今属山西）人。他的诗与李商隐齐名，号称“温李”，其实只是诗风上相似，在成就上远不及李商隐。他的成就主要在词的创作上，被称为“花间鼻祖”。

温庭筠——送人东游

荒戍落黄叶，浩然离故关。
高风汉阳渡，初日郢门山。
江上几人在，天涯孤棹还。
何当重相见？樽酒慰离颜。

特别注释

①荒戍：荒废的旧营垒。
②浩然：豪迈坚定的样子。
③汉阳渡：湖北汉阳。
④江上：指长江下游。
⑤棹：这里指船。

文意解读

荒废的旧营垒上落满了凋零的黄叶，你坚决地要离开故乡。

飒飒的秋风中，你从汉阳渡口出发，待到日出之时，便到了郢门山。

你在汉阳那边，还有几个友人？只有孤舟从天涯回还。

不知要到何时，你我才能重见？还是举起酒杯，安慰我们离别的愁绪吧。

温庭筠——苏武庙

苏武魂销汉使前，古祠高树两茫然。
云边雁断胡天月，陇上羊归塞草烟。
回日楼台非甲帐，去时冠剑是丁年。
茂陵不见封侯印，空向秋波哭逝川。

特别注释

①苏武：汉武帝时出使匈奴被扣多年，牧羊于北海。汉昭帝时始被迎归。
②胡：指匈奴。
③冠剑：指苏武出使赴匈奴时戴的帽和佩的剑。
④茂陵：汉武帝陵墓，借代汉武帝。
⑤哭逝川：为时间像流水一样逝去而悲伤。

文意解读

苏武在异域被扣留期间，突然见到汉朝的使者，得知他已经获释可以回国时悲喜交加。苏武庙苍古肃穆，其中的建筑与古树不会了解苏武生前的事迹。他在流放北海时与故国音信断绝，每天希望鸿雁传书，直盼到月上中天。在昏暗的傍晚，放眼远望，只见笼罩在一片荒烟中的连天塞草和丘陇上归来的羊群。回想当年戴冠佩剑，奉命出使的时候，自己还正当壮盛之年。可是归汉之日汉室江山虽然依旧，然而人事却迥然有异于前了。武帝已经长眠茂陵，再也见不到他完节归来时的封侯受爵了，这样就使他更加为时间像流水一样逝去而悲伤。

陈陶 陇西行

誓扫匈奴不顾身，五千貂锦丧胡尘。
可怜无定河边骨，犹是春闺梦里人！

与大家晤面 陈陶

（生卒年不详）

字嵩伯，鄱阳人。举进士不第，乃浪游名山。其诗多写山水，也有表现其怀才不遇的。

特别注释

①匈奴：指我国古代北方民族之一。

②无定河：黄河支流。

文意解读

唐军将士发誓要扫平匈奴奋不顾身，五千名身穿锦袍的将士在与胡人的激战中不幸丧生。真可怜无定河边那成堆的白骨，他们是春闺中多少少妇们梦中相依相伴的恋人啊！

罗隐 蜂

不论平地与山尖，无限风光尽被占。
采得百花成蜜后，为谁辛苦为谁甜？

与大家晤面 罗隐

（公元833年—公元910年）

唐代文学家。字昭谏，杭州新城（今浙江富阳西南）人。他的诗多同情百姓疾苦之作。

文意解读

不管是平地还是山巅，所有美好的风景，都会被蜜蜂看得清清楚楚，一览无余。它们采尽百花酿成蜜后，到头来又是在为谁忙碌？为谁酿造醇香的蜂蜜呢？

特别注释

①山尖：山峰。

与大家晤面 韦庄

（约公元836年—公元910年）

唐代诗人、词人。字端己，长安杜陵（今陕西西安东南）人。他的诗以七绝见长。多为伤时、感旧、怀乡、吊古之作。艺术上含蓄婉约。他又是著名的词家，与温庭筠齐名，在“花间词派”中独树一帜，影响甚大。

韦庄 — 章台夜思

清瑟怨遥夜，绕弦风雨哀。
孤灯闻楚角，残月下章台。
芳草已云暮，故人殊未来。
乡书不可寄，秋雁又南回。

特别注释

①章台：指楚灵王的行宫章华台，故地在今湖北监利西南。
②遥夜：长夜。
③弦：琴弦。
④殊：绝。
⑤乡书：家书。

文意解读

清越的琴瑟声在埋怨漫长的夜晚，好像缭绕的弦声在风雨中无尽凄楚悲哀。孤灯下听到楚地的号角凄怆，西边的一钩残月已经下落到章台后面。韶华宛若芳草经过了凄寒的秋天，业已凋落，而老朋友还没有来。寄给亲眷的家书没有办法寄到，秋天的大雁又飞回南方去了。

韦庄 — 古离别

晴烟漠漠柳毵毵，不那离情酒半酣。
更把玉鞭云外指，断肠春色在江南。

特别注释

①古离别：乐府《杂曲歌辞》。
②毵毵：细长的样子。
③不那：无奈。
④云外指：“指云外”的倒置。

文意解读

晴烟漠漠，杨柳毵毵，日丽风和，一派明媚的春光，在柳阴之下置酒送行，酒到半酣，才深切地体味到别情的无可奈何。临别时，送行者用马鞭向南方指点着，江南春色更浓，那么此去江南，更要使远行人断肠了。

韩偓 已凉

碧阑杆外绣帘垂，猩色屏风画折枝。
八尺龙须方锦褥，已凉天气未寒时。

特别注释

①猩色：猩红色。
②龙须：灯芯草。

文意解读

门外是翠绿的栏杆，门外绣帘低垂，猩红的屏风上描画着花卉草木。大床上铺着八尺的龙须草席，锦绣被褥，天气已经凉了，但还未到寒冷的时候。

与大家晤面 韩偓

（约公元842年—公元923年）

唐末诗人。字致尧（一作致光），小字冬郎，京兆万年（今陕西西安）人。他10岁作诗，受到姨父李商隐的赏识。其诗歌受李商隐影响甚深。早年受知于唐昭宗，写宫苑游宴诗较多。后值动乱，并被外贬，也写过一些感时伤乱之作。

杜荀鹤 春宫怨

早被婵娟误，欲妆临镜慵。
承恩不在貌，教妾若为容？
风暖鸟声碎，日高花影重。
年年越溪女，相忆采芙蓉。

特别注释

①婵娟：形态美好。
②慵：懒。
③承恩：承受宠爱。
④教：使。
⑤越溪女：指西施在越溪浣纱时的女伴。

文意解读

早年我被美丽的容貌所贻误，落入宫中，我懒得对镜梳妆打扮是因为没有受到宠爱。承受皇帝的宠爱其实不在容貌，叫我如何修饰妆容？鸟儿啼声繁碎，是因为有和暖的春风，太阳到了正午，花影才显得浓重。年年想起越溪浣纱的女伴，回忆起一同自由自在地采芙蓉的情景。

与大家晤面 杜荀鹤

（公元846年—公元904年）

唐代诗人。字彦之，号九华山人，池州石埭（今安徽石台）人。他的诗晓畅清逸，语言通俗，反映唐末社会动乱及民生疾苦的颇多。

杜荀鹤｜时世行

夫因兵乱守蓬茅，麻苎裙衫鬓发焦。
桑柘废来犹纳税，田园荒尽尚征苗。
时挑野菜和根煮，旋斫生柴带叶烧。
任是深山最深处，也应无计避征徭。

特别注释

①蓬茅：指用蓬蒿、茅草盖的屋子。

②鬓发焦：因吃不饱，身体缺乏营养而头发变成枯黄色。

③柘：一种桑科树木。叶子可养蚕。

④生柴：刚从树上砍下来的湿柴。

文意解读

丈夫在战乱中死掉了，只好一个人空守着破草房过日子，穿着粗糙的苎麻衣服，鬓发枯黄。桑树、柘树由于战争而荒废了，可官府还要征收丝税；田园荒芜了，官府还要征收青苗税。没有吃的，就去挖野菜，连根带叶一起煮了充饥。刚砍下来的湿柴带着叶子一起烧。任凭你跑到深山更深的地方，也没有办法可以躲避赋税、徭役。

金昌绪｜春怨

打起黄莺儿，
莫教枝上啼。
啼时惊妾梦，
不得到辽西！

与大家晤面 金昌绪

（生卒年不详）

临安（今属浙江省）人，生平事迹不详。

特别注释

①打起：打得飞起，也就是赶走的意思。

②辽西：辽河以西的地区。

文意解读

快赶走树上的黄莺，不要让它在枝头上啼叫。啼声惊醒了我的好梦，让我不能梦见那遥远的辽西。

秦韬玉 | 贫女

蓬门未识绮罗香，拟托良媒亦自伤。
谁爱风流高格调？共怜时事俭梳妆！
敢将十指夸针巧，不把双眉斗画长。
苦恨年年压金线，为他人作嫁衣裳！

与大家晤面 秦韬玉

（生卒年不详）

字中明，京兆（今陕西西安）人。诗以七律见长，构思奇巧，语言清丽，意境浑然，不少诗篇反映了晚唐时期的社会现实。

特别注释

①蓬门：蓬茅编扎的门户。这里指出身贫寒。

②绮罗：一种高级的丝织品，这里指富贵人家妇女的华丽衣裳。

③风流：风采。

④格调：风度、品格、情操。

⑤时事俭梳妆：当时妇女时兴的一种妆扮。称“时世妆”，又称“俭妆”。虽然叫“俭妆”，实际上很花钱，只有富贵人家的女子才学得起。

⑥苦恨：非常懊恼。

文意解读

出身贫苦人家的女儿从未见识漂亮的绫罗绸缎，也想托个好的媒人去说门亲事，只是因为贫穷而暗自悲伤。谁能欣赏我这高尚的风格和情调，世人喜爱的却都是女子们艳丽华美的妆容。敢在人前夸我的十指灵巧，却不涂脂画眉，与人争艳取胜斗强。最恨年复一年拈针引线辛勤刺绣，却只是为别人做出嫁的衣裳。

第2章 宋词

宋词作为古代文学中的奇葩，
自有其独特的艺术魅力。
或大气磅礴，
或温婉缠绵，
词句优美凝练，
音律也值得细细品味和推敲。
在这里漫游，
就仿佛置身于时光隧道之中，
可以形象地再现历史面貌，
体味其优美芬芳的人文情怀。

钱惟演 木兰花

城上风光莺语乱，城下烟波春拍岸。
绿杨芳草几时休？泪眼愁肠先已断。
情怀渐觉成衰晚，鸾鉴朱颜惊暗换。
昔年多病厌芳尊，今日芳尊惟恐浅。

与大家晤面 钱惟演

（公元977年—公元1034年）

字希圣，临安（今浙江）人。曾与杨亿、刘筠等十七人相唱和，合辑为《西昆酬唱集》。他是西昆派的代表诗人之一。

特别注释

①莺语乱：形容莺声众多，此起彼伏。
②烟波：雾霭苍茫的水面。
③衰晚：衰颓。
④鸾鉴：即鸾镜，妆镜的美称。
⑤芳尊：即酒杯。

文意解读

城墙上黄莺轻脆婉转的鸣叫声此起彼伏，城墙下碧绿徜徉的春水拍打着堤岸。绿杨和芳草互相映衬着，如此美景不知何时会终止？然而，景色越美啊，我越是愁肠百转，泪眼迷蒙。

我感觉到自己的意志正在渐渐衰颓，每每对镜自照，总是吃惊于自己已在不知不觉中变得衰老。往年多病而不愿饮酒，现在的我啊，却总是嫌酒杯太浅。

与大家晤面 柳永

(？—约公元1053年)

字耆卿，初名三变，排行第七，人称柳七，崇安（今属福建）人。在词史上，他是大量创作慢词的第一人。他突破了花间词派的狭窄范围，扩大了词的表现能力，对后来的苏轼、秦观、周邦彦、辛弃疾、吴文英等都有很大影响。

柳永｜雨霖铃

寒蝉凄切，对长亭晚，骤雨初歇。都门帐饮无绪，留恋处、兰舟催发。执手相看泪眼，竟无语凝噎。念去去、千里烟波，暮霭沉沉楚天阔。

多情自古伤离别，更那堪、冷落清秋节！今宵酒醒何处？杨柳岸、晓风残月。此去经年，应是良辰好景虚设。便纵有千种风情，更与何人说？

特别注释

①寒蝉：蝉的一种，比一般蝉小。也称寒蜇、寒蜩。
②凄切：凄凉而又急促的声响。
③帐饮：设帐饯行。帐，帐蓬。
④兰舟：木兰做的船。后代指华美的船。
⑤凝噎：形容因悲伤过度而说不出话。
⑥暮霭：傍晚的云气。
⑦楚天：这里指运河下游，江淮一带。
⑧清秋节：清秋时节。
⑨经年：一年又一年。

文意解读

寒蝉的叫声凄切而又急促，黄昏的时候，长亭外刚刚下过一场急雨。在都门设宴饯别，我却根本无心喝酒。没有情绪，无精打采，正在难舍难分之时，木兰舟上响起鸣笛，催我快点儿出发。你我手拉着手，泪眼相对而视，因为悲伤竟然一句话也说不出来。此去千里迢迢，眼前是烟波浩渺，傍晚的云气笼罩着运河下游。

多情的人自古以来就害怕离别，更何况是在这清秋时节。今天晚上喝醉酒，醒来时不知身在何处？堤岸的杨柳、微风残月！一去多年，良辰美景也变得毫无意义。即使有万种柔情，又能向谁述说呢？

蝶恋花

柳永

伫倚危楼风细细，望极春愁，黯黯生天际。草色烟光残照里，无言谁会凭阑意？

拟把疏狂图一醉，对酒当歌，强乐还无味。衣带渐宽终不悔，为伊消得人憔悴。

特别注释

①伫：长久地站立。

②危楼：高楼。

③谁会：谁能体会。

④拟把：打算。

⑤疏狂：狂放不羁，不拘小节。

⑥对酒当歌：化用汉代曹操《短歌行》诗："对酒当歌，人生几何?"

⑦强乐：勉强作乐。

⑧衣带渐宽：腰带松了，说明人瘦了。

⑨伊：她，指心上人。

⑩消得：消损到，瘦到。

文意解读

我长久地靠着栏杆站在高楼上，感受着阵阵微风，满怀愁绪向远处眺望，空旷的原野一望无际。落日的余晖照着碧绿的草地，谁能体会出我此刻的心情?

本打算痛饮一番，以求大醉，但面对美酒歌舞，我只是勉强作乐。因为思念心上的人儿啊，我日渐消瘦，但我丝毫不后悔，为了她我宁愿渐渐憔悴。

雨霖铃 ——柳永

月华收，云淡霜天曙。西征客、此时情苦。翠娥执手，送临歧、轧轧开朱户。千娇面、盈盈伫立，无言有泪，断肠争忍回顾？

一叶兰舟，便凭急桨凌波去。贪行色、岂知离绪，万般方寸，但饮恨、脉脉同谁语？更回首、重城不见，寒江天外，隐隐两三烟树。

特别注释

①月华：月亮的光辉。
②曙：破晓，天刚亮的时候。
③翠娥：这里指作者的恋人。
④临歧：面临歧路，表示要分离。
⑤轧轧：象声词，这里形容开门的声音。
⑥行色：行色匆匆，急着赶路。
⑦方寸：心绪。
⑧脉脉：含情相望的样子。

文意解读

月亮渐渐消退，太阳穿破云层露了出来。西行的游子，此时的心情最痛苦。心上人拉着我的手，送我到门口，还替我打开红色的大门。美丽的面容，亭亭玉立，含泪不语，我怎么忍心回头看这断肠的情景？

我坐上小船，急着划桨离开。谁知万种心绪油然而生，但也只能含恨心间，一片深情向谁倾诉？回头望去，重重城景已经看不见了，寒江流向天际，隐约只见两三点烟树。

范仲淹——苏幕遮

碧云天，黄叶地，秋色连波，波上寒烟翠。山映斜阳天接水，芳草无情，更在斜阳外。

黯乡魂，追旅思，夜夜除非，好梦留人睡。明月楼高休独倚。酒入愁肠，化作相思泪。

与大家晤面 范仲淹

(公元989年—公元1052年)

字希文，苏州吴县（今江苏苏州）人。北宋中期著名政治家、文学家，卒谥文正，诗文皆有名篇。

文意解读

蔚蓝的天空，黄叶铺满地，秋色连接水面，水面青翠碧绿。群山映照在斜阳中，蓝天与碧水连在一起。芬芳的青草不了解人的心情，延伸到斜阳之外的天际。

思念家乡的情怀令我伤心欲绝，追忆旅途中的愁苦更令我惆怅，除非夜夜都有好梦。明月当空，千万不要到高楼上凭栏独立。闷酒进入愁肠啊，只会化作思乡的眼泪。

特别注释

①芳草：芬芳的青草。

②黯乡魂：思念家乡，伤心欲绝。

③追旅思：追忆旅途中的种种愁苦。旅思，旅途中的愁苦。

④夜夜除非：即“除非夜夜”的倒装。按照文义应当连下面的五个字为“除非夜夜好梦留人睡”。这里是节拍上的停顿。

范仲淹—御街行

纷纷坠叶飘香砌，夜寂静，寒声碎。真珠帘卷玉楼空，天淡银河垂地。年年今夜，月华如练，长是人千里。

愁肠已断无由醉，酒未到，先成泪。残灯明灭枕头攲，谙尽孤眠滋味。都来此事，眉间心上，无计相回避。

特别注释

①香砌：飘有花香的台阶。
②真珠：即珍珠。
③练：白色熟绢。
④攲：倾斜。
⑤谙尽：尝尽。谙，熟悉。
⑥都来：算来。

文意解读

秋叶纷纷飘落，洒满台阶，夜色寂静，声音细碎而寒冷。珍珠帘高高卷起，玉楼空空无人，天清云淡，银河连着大地。每年今天的晚上，月光如白练，而人却相隔千里。

愁肠寸断，酒也无法麻醉，酒还没有喝下却先流下了眼泪。烛火忽明忽暗，独自靠着枕头，尝尽孤单的滋味。每每这相思之情涌起，不禁皱起眉头、黯然神伤，实在无法控制自己清苦的心情。

张先｜青门引

乍暖还清冷，风雨晚来方定。庭轩寂寞近清明，残花中酒，又是去年病。

楼头画角风吹醒，入夜重门静。那堪更被明月，隔墙送过秋千影。

与大家晤面 张先

（公元990年—公元1078年）

字子野，乌程（今浙江湖州）人。早年以小令与晏殊、欧阳修并称；后作慢词和柳永齐名，但成就不如柳永。因其有三处巧用“影”字，时人称为“张三影”。

特别注释

①乍暖：天气骤然暖和起来。

②庭轩：庭院和走廊。

③清明：农历二十四节气之一。

④中酒：喝醉了酒。

⑤去年病：指去年喝醉了酒。

⑥楼头画角：指城门瞭望楼上的画角。画角，绘有彩画的军中号角，多以竹木或皮革制成。

文意解读

乍暖还寒的时候，一整天都是风雨交加，到了晚上才停止。庭院寂寞冷清，又到了清明时节，在残花中像去年一样喝醉了酒。

我被楼头上的画角声惊醒，入夜了，庭院中更加寂静。心绪本来纷乱，哪经得起月光袭人，送来墙那面荡秋千的姑娘的身影。

张先 | 千秋岁

数声鶗鴂，又报芳菲歇。惜春更选残红折，雨轻风色暴，梅子青时节。永丰柳，无人尽日花飞雪。

莫把幺弦拨，怨极弦能说。天不老，情难绝，心似双丝网，中有千千结。夜过也，东窗未白孤灯灭。

↑气味芬芳、酸甜可人的梅子

文意解读

杜鹃声声啼叫，告诉人们春天的美景已经逝去。我要珍惜逝去的春光，因此想选一枝好花来折。细雨绵绵，狂风残暴，正是梅子成熟的时候。永丰的柳树，尽管无人欣赏，也终日飘着柳絮，好像纷纷扬扬的雪花一样。

不要拨弄那琴弦，幽怨太深啊，即便是琴弦也难以述说。苍天不会衰老，情谊不会断绝，我的心却好似双丝结成的网，其中有千千万万的结。长夜已经过去，直到天色渐亮时才把那盏孤灯吹灭。

特别注释

①鶗鴂：鸟名，即杜鹃。

②芳菲：花草。

③永丰柳：化用白居易《杨柳枝》词："永丰西角荒园里，近日无人属阿谁。"

④幺弦：琵琶的第四弦，因其最细，故有此称。

晏殊｜清平乐

红笺小字，说尽平生意。鸿雁在云鱼在水，惆怅此情难寄。

斜阳独倚西楼，遥山恰对帘钩。人面不知何处，绿波依旧东流。

与大家晤面 晏珠

(公元991年—公元1055年)

字同叔，抚州临川（今江西）人。其词擅长小令，多表现诗酒生活和悠闲情致，语言婉丽，受南唐冯延巳影响较深。

特别注释

①红笺：红色信纸，多指情书。笺，供题诗、写信用的精美纸张。

②平生意：一生的志向与情感。

③鸿雁：大雁。古代传说鸿雁能传书。

④鱼：也指书信。

⑤帘钩：挂窗帘的铜钩，这里代指窗户。

⑥人面：化用唐朝诗人崔护《题都城南庄》诗："人面不知何处去，桃花依旧笑春风。"

文意解读

我在红色的信纸上写满了小字，表达我一生的志向与情感。鸿雁在天上飞，鱼儿在水里游，可惜无人帮我传递书信。

夕阳西下，我独自倚楼遥望，远山对着我身后的一轮明月。心上人不知去了哪里，只看见绿色的江水依旧向东流去。

晏殊｜浣溪沙

一向年光有限身，等闲离别易消魂。酒筵歌席莫辞频。

满目山河空念远，落花风雨更伤春。不如怜取眼前人。

特别注释

①年光：时光。

②等闲：平常。

③消魂：伤心。

④频：频繁。

⑤空：徒，白费。

⑥怜：珍惜。

文意解读

时光总是那么有限，这就使得平常的离别也让人伤心欲绝。不要嫌送别的酒席宴会太多。

面对着满眼的河山，空有一腔思念远人的心情；落花在风雨中飘零，这更让人伤春。一定要珍惜自己身边的人。

晏殊 木兰花

绿杨芳草长亭路，年少抛人容易去。楼头残梦五更钟，花底离愁三月雨。

无情不似多情苦，一寸还成千万缕。天涯地角有穷时，只有相思无尽处。

特别注释

①长亭：古时设在城外路旁的亭子，多作行人歇脚用，也是送行话别的地方。

②年少：少年。

③容易：轻易，随便。

④更：古代夜间的计时单位。一夜分为五更，每更约两小时。

⑤无情：无情的人。

⑥一寸：指心思。

⑦穷：穷尽，终了。

文意解读

在柳绿草芳的长亭路上，那位少年不解我的一片依依恋情，扬长而去。从此以后，我长夜难眠，时常刚刚入梦又被五更的钟声惊醒。在花前，三月的细雨勾起我离别的愁绪。

无情的人不像多情的人这样苦痛，人若有情，一寸芳心也会化成万缕愁绪。大地尽管遥远也会有尽头，而我的相思却绵绵无期。

晏殊 踏莎行

祖席离歌，长亭别宴，香尘已隔犹回面。居人匹马映林嘶，行人去棹依波转。

画阁魂消，高楼目断，斜阳只送平波远。无穷无尽是离愁，天涯地角寻思遍。

特别注释

①祖席：饯别的宴席。

②别宴：告别的宴席。

③香尘：因地下落花多，尘土染上香气，故称香尘。多指女子行踪。

④回面：回首，回望。

⑤居人：家居的人。这里指居留原地的送行者，相对于后面的“行人”。

⑥棹：船桨。这里指代船。

⑦画阁：彩绘的楼阁。

⑧魂消：形容极度哀伤，失魂落魄。

文意解读

长亭设宴告别，我们在饯别的宴席上唱着离别的歌，路上的飞尘已把我们阻隔，但你还在不断回头张望。送行的人骑着马，马在树林里留恋地嘶鸣，离去的游人坐着小舟，随波回转。

登上画阁，我更是愁绪万千，站在高楼上向远处眺望，只见余晖脉脉。无穷无尽的思绪啊，满是离愁，哪怕你走到天涯地角，我也会一直思念你。

晏殊｜浣溪沙

一曲新词酒一杯，去年天气旧亭台。夕阳西下几时回？

无可奈何花落去，似曾相识燕归来。小园香径独徘徊。

特别注释

①旧亭台：亭台依旧。亭台，泛指景物。

②香径：飘着花香的小路。

③徘徊：来回走动。

文意解读

我谱了一首新词，喝上一杯美酒，这时的天气、亭台都和去年相同。夕阳西下，什么时候才能再回来。

花儿凋落，令人无可奈何；燕子飞回，似曾相识。我独自在铺满落花的小路上来回走动。

晏殊｜蝶恋花

六曲阑干偎碧树，杨柳风轻，展尽黄金缕。谁把钿筝移玉柱，穿帘海燕双飞去。

满眼游丝兼落絮，红杏开时，一霎清明雨。浓睡觉来莺乱语，惊残好梦无寻处。

特别注释

①黄金缕：指嫩柳枝。

②钿筝：用罗钿装饰的筝。

③玉柱：指弦柱。

④海燕：燕子的别称。古人认为燕子产于南方，渡海而至，因此有此称呼。

文意解读

栏杆依偎着绿树，杨柳在风中轻拂，尽展嫩绿的枝条。谁在用筝弹奏伤心的乐曲，燕子穿过珠帘双双离去。

满眼都是蜘蛛丝和飘落的柳絮，红杏花开的时候，清明时节突然又下起阵阵细雨。沉睡醒来，只听见黄莺乱鸣，惊醒了我的好梦，再也无处找寻。

晏殊 | 踏莎行

小径红稀，芳郊绿遍，高台树色阴阴见。
春风不解禁杨花，濛濛乱扑行人面。
翠叶藏莺，朱帘隔燕，炉香静逐游丝转。
一场愁梦酒醒时，斜阳却照深深院。

特别注释

①红稀：花已稀少，意思是说花事渐残。
②绿遍：长满了绿树青草。
③阴阴见：隐约可见。见，通“现”，显现。
④解：知道，懂得。
⑤杨花，即柳絮。
⑥濛濛：雨点很细小。这里形容柳絮纷纷如细雨。
⑦游丝：蜘蛛所吐的细丝飘于空中。
⑧却：正。

文意解读

小路两旁的花已经很少了，郊外长满了绿树青草，站在高台上隐约可见。春风不知道禁止柳絮，让它漫天飞舞，扑上行人的脸。

绿叶遮住黄莺，朱帘隔开燕子。炉中的香烟袅袅上升，像追逐空中的蜘蛛丝。当从梦境中醒来时，夕阳正照在院子里。

宋祁 玉楼春 春景

与大家晤面 宋祁

（公元998年—公元1061年）

字子京，开封雍丘（今河南杞县）人，幼居安陆（今属湖北）。能诗文，诗多酬赠送别之作，语言工丽。曾与欧阳修同修《新唐书》。

东城渐觉风光好，縠皱波纹迎客棹。
绿杨烟外晓寒轻，红杏枝头春意闹。
浮生长恨欢娱少，肯爱千金轻一笑？
为君持酒劝斜阳，且向花间留晚照。

特别注释

①縠皱波纹：波纹粼粼，好似皱纱。縠，有皱纹的纱。
②客棹：指游船。棹，船桨。
③闹：喧闹。
④肯爱：岂肯吝惜。
⑤千金：化用南朝王僧孺《咏宠姬》诗："一笑千金买。"
⑥"且向"句：化用唐朝李商隐《写意》诗："日向花间留晚照。"

文意解读

东城的风光越来越好，水波粼粼迎接来往的游船。绿柳如烟雾笼罩，寒意不是很浓，红杏在枝头显出盎然的春意。

一生遗憾太多、欢乐太少，何必吝惜金钱、轻视欢笑？为此我替你端着酒杯规劝斜阳，姑且多在花丛间停留一会儿。

欧阳修｜踏莎行

候馆梅残，溪桥柳细，草薰风暖摇征辔。离愁渐远渐无穷，迢迢不断如春水。

寸寸柔肠，盈盈粉泪，楼高莫近危阑倚。平芜尽处是春山，行人更在春山外。

特别注释

①候馆：驿馆，旅舍。

②薰：香草，这里引申为香气。

③摇征辔：边行边摇着马的缰绳，比喻骑马缓行。辔，驾驭牲口的缰绳。

④迢迢：遥远。

⑤寸寸柔肠：形容肝肠寸断。

⑥盈盈粉泪：形容女子饱含泪水。

⑦危阑：高高的栏杆。

⑧平芜：茂密平坦的草地。

⑨春山：青山。

与大家晤面 欧阳修

(公元1007年—公元1072年)

字永叔，晚号醉翁，又号六一居士，吉州吉水（今江西）人。诗、词、文均有很高成就，以散文成就最高，为“唐宋八大家”之一，是北宋古文运动的领袖。

文意解读

驿馆里的梅花已凋残，小溪旁柳枝纤细柔弱，行人在飘着青草香气的暖风中骑马缓行。离家越远愁绪越浓，就像绵绵的春水一般长流不止。

思念的人肝肠寸断，泪眼盈盈，画楼太高，不要靠在高高的栏杆上。茂密平坦的草地的尽头是青色的山峰，而心上人却远在青山更远处，难以看到她美丽的身影。

欧阳修——诉衷情 眉意

清晨帘幕卷轻霜，呵手试梅妆。都缘自有离恨，故画作远山长。

思往事，惜流芳，易成伤。拟歌先敛，欲笑还颦，最断人肠。

特别注释

①呵手：因天气寒冷，呵气暖手。

②梅妆：相传南朝宋武帝刘裕之女寿阳公主在树下睡觉时，有梅花落在额头上，拂之不去。宫女争相仿效，为梅花妆。

③都缘：只因。

④远山：形容把眉毛画得又细又长，就像水墨画中远山的形状。

⑤流芳：像流水一般逝去的年华。

⑥拟歌：想要唱歌。

⑦敛：收敛表情。

⑧颦：皱眉。形容忧愁。

文意解读

清晨卷帘幕的时候看见满地清霜，天气太冷，你呵气暖手以便来描画梅花妆。只因满腹离愁别恨，因此你故意把眉毛画成远山的样子，又细又长。

回想往事，可惜年华像流水一般逝去，令人感伤。想要唱歌却先收敛表情，想要微笑却又皱起眉头，这才是最令人断肠的事情。

欧阳修——采桑子

群芳过后西湖好，狼藉残红。飞絮濛濛，垂柳阑干尽日风。

笙歌散尽游人去，始觉春空。垂下帘栊，双燕归来细雨中。

特别注释

①群芳：指百花。

②西湖：这里指颍州西湖，在今安徽阜阳西北。

③狼藉：形容残花散乱错杂的样子。

④飞絮：飘扬的柳絮。

⑤笙歌：笙管伴奏的歌筵。

文意解读

百花凋落后的西湖风景依然美好，满地落花散乱错杂。柳絮漫天飞舞，垂柳轻拂着栏杆，终日暖风融融。

笙管伴奏的歌宴结束后众人离开，我这时才发现春天已经逝去。我放下窗外的帘子，偶然发现一对燕子正在濛濛细雨之中，飞回自己甜蜜温馨的巢。

欧阳修 蝶恋花

庭院深深深几许？杨柳堆烟，帘幕无重数。玉勒雕鞍游冶处，楼高不见章台路。

雨横风狂三月暮，门掩黄昏，无计留春住。泪眼问花花不语，乱红飞过秋千去。

特别注释

①几许：几多，多少。许，表示估计。

②无重数：重重叠叠。形容帘幕非常多。

③玉勒雕鞍：指代华丽的车马。玉勒，指镶玉的马笼头。雕鞍，指雕有花纹的马鞍。

④游冶处：寻欢觅艳的场所。

⑤章台路：章台，原为秦朝宫殿名。后用为妓女聚居之所的代称。

⑥雨横：雨势暴猛。

⑦乱红：落花。

文意解读

庭院深深，不知道有多深？杨柳青青，撩起层层烟雾，看不清帘幕有多少层。华丽的车马停在王孙公子们寻欢作乐的地方，楼很高，看不见妓女们聚居的地方。

三月里狂风大作、雨势骤猛，黄昏后将门关上，也无法留住春意。泪眼模糊，问花可知道我的心意，但花儿沉默不语，只有落花纷乱飞到秋千外。

欧阳修 蝶恋花

谁道闲情抛弃久？每到春来，惆怅还依旧。日日花前常病酒，不辞镜里朱颜瘦。

河畔青芜堤上柳，为问新愁，何事年年有？独立小桥风满袖，平林新月人归后。

文意解读

谁说闲情逸致忘记太久了？每当春天到来的时候，我的惆怅心情依然如故。我每天都在花前月下喝得大醉，对着镜子只见容颜日渐消瘦。

河岸边青草杂生，堤岸上柳树成阴。面对这样的美景，我不禁自问，怎么年年都会新添烦忧？我独自一人站在小桥上，清风吹拂着我的衣袖，只有一排排树木在如钩的月光下与我相伴。

特别注释

①道：说。

②闲情：闲情逸致。

③抛弃：忘记。

④病酒：喝醉酒。

⑤朱颜：红润的脸色。朱，红色。

⑥青芜：杂生的青草。

⑦新月：农历月初形状如钩的月亮。

欧阳修—木兰花

别后不知君远近，触目凄凉多少闷！
渐行渐远渐无书，水阔鱼沉何处问？
夜深风竹敲秋韵，万叶千声皆是恨。
故欹单枕梦中寻，梦又不成灯又烬。

特别注释

①远近：虚指，表示哪里。

②鱼沉：指没有人传递书信。

③秋韵：即秋声。这里指风吹竹子的声音。

④欹：倾斜。

⑤烬：物体燃烧后余下的灰烬。

文意解读

自从离别后不知你去了哪里？所看到的都是凄凉的景色，不免让人生出不尽的愁闷！

你越走越远，最后竟然连书信联系都断绝了；江水宽阔，鱼儿沉在水底，我又能上哪里去打听你的消息呢？

昨天夜里狂风劲吹，竹子飒飒作响，每一片竹叶的声响都好像充满怨恨。

因此我斜靠单枕，希望能与你梦中相遇，可惜梦没有做成，灯芯却烧尽了。

欧阳修—浪淘沙

把酒祝东风，且共从容。垂杨紫陌洛城东，总是当时携手处，游遍芳丛。

聚散苦匆匆，此恨无穷。今年花胜去年红，可惜明年花更好，知与谁同？

特别注释

①把酒：端着酒杯。把，拿、端。酒，酒杯。

②紫陌：郊外的道路。

③芳丛：花丛。

④“可惜”两句：化用唐朝杜甫《九日蓝田崔氏庄》诗：“明年此会知谁健，醉把茱萸仔细看。”

文意解读

我端起酒杯，祈祷东风，希望你能留下与我一起喝酒。洛城郊外垂杨青青，去年的这个时候，也是在这里，我和你携手相伴，一起在花丛中游玩。

人间聚散离合总是太匆忙，这种遗憾没有穷尽。今年的花开得比去年美，也许明年的花会开得更加艳丽动人，可是面对如此美景，谁是能和我一同赏花的人呢？

青玉案

欧阳修

一年春事都来几？早过了、三之二。绿暗红嫣浑可事。绿杨庭院，暖风帘幕，有个人憔悴。

买花载酒长安市，又争似家山见桃李？不枉东风吹客泪，相思难表，梦魂无据，惟有归来是。

特别注释

①春事：春意，春光。
②都来：算来。
③几：多少。
④三之二：三分之二的简略。
⑤红嫣：红艳、美丽的花朵。嫣，美好的样子。
⑥浑：仍然，还是。
⑦长安：指开封汴梁（今河南开封）。
⑧争似：怎么像。
⑨家山：家乡的山。这里代指故乡。

文意解读

一年的春光怎么样了？仔细算来，早已过了三分之二。绿意浓浓、红花娇艳，还是往年的情景；庭院中杨柳依依，暖风吹拂着帘幕，有人却面容憔悴。

就算在长安市里能买到花和酒，又怎能比得上在家乡看见的桃李盛开？不能怪春风吹得异乡人伤心落泪啊，只因那思乡之情实在难以表达，梦不是现实，只有真正归来的那天才能真的如愿啊。

王安石——千秋岁引

别馆寒砧，孤城画角，一派秋声入寥廓。东归燕从海上去，南来雁向沙头落。楚台风，庾楼月，宛如昨。

无奈被些名利缚，无奈被他情担阁，可惜风流总闲却。当初漫留华表语，而今误我秦楼约。梦阑时，酒醒后，思量著。

特别注释

①别馆：客馆。

②寒砧：捣衣石。这里指秋后的捣衣声。

③画角：古乐器名。形如竹筒，本细末大，以竹木或皮革制成，也有铜制的。因外加彩绘，故名。

④楚台：楚王的兰台。这里泛指一般的楼台。

⑤庾楼：晋朝庾亮曾与下属殷浩等人登武昌南楼赏月，畅谈了一个晚上。后来有好事者在此兴建"庾公楼"，又称庾楼。

⑥华表：古代用来表示王者纳谏或指路的木柱，即古代立于宫殿、城垣或陵墓前的石柱。

⑦梦阑：梦尽。阑，残、尽、晚。

文意解读

客馆中的捣衣声，孤城上的号角声，一起传入耳中。东归的燕子向苍茫的海上飞去，南来的大雁停落在平坦的沙洲。楚台听风，庾楼赏月，一切好像就在昨天。

人生不能被名利束缚心性，被世情俗态耽搁人生，可惜好景被闲置。当初在华表上留下那首诗，与心上人海誓山盟，却终于辜负了红颜，未能兑现当时的契约。梦和酒令人浑浑噩噩，暂时忘却了心头的烦乱，然而梦终究要做完，酒也有醒时，一旦梦回酒醒，忧思离恨只有我独自一人细细思量。

与大家晤面 王安石

(公元1021年—公元1086年)

字介甫，晚号半山，抚州临川（今江西）人。其散文成就突出，为"唐宋八大家"之一。词虽不多，但意境开阔，风格高峻。

王安石 桂枝香

登临送目，正故国晚秋，天气初肃。千里澄江似练，翠峰如簇。征帆去棹斜阳里，背西风酒旗斜矗。彩舟云淡，星河鹭起，画图难足。

念往昔、繁华竞逐，叹门外楼头，悲恨相续。千古凭高，对此漫嗟荣辱。六朝旧事随流水，但寒烟衰草凝绿。至今商女，时时犹唱，后庭遗曲。

特别注释

①故国：故都，这里指金陵（今江苏南京）。

②初肃：初凉。肃，肃杀，秋天寒凉之气。

③酒旗：酒幌子。酒店前挂的作为标志的布帘。

④星河：天河、银河，这里指长江。

⑤门外楼头：化用唐朝杜牧《台城曲》诗："门外韩擒虎，楼头张丽华。"这里指敌兵已至，而陈后主却还在寻欢作乐。

⑥漫嗟荣辱：空叹兴亡。嗟，叹惜。

⑦六朝：三国吴、东晋、南朝宋、齐、梁、陈都建都于建康（今南京），史称南朝六朝，简称六朝。三国魏、西晋、北魏、北齐、北周、隋都建都于北方，史称北朝六朝，也简称六朝。此处指南朝六朝。

⑧商女：卖唱的歌女。

⑨后庭：陈后主所作名曲《玉树后庭花》。

文意解读

登高远望，金陵城现在正是晚秋时节，天气开始转凉。千里长江澄澈得像条白练，青翠的山峰如同箭尖。远行的帆船辉映在斜阳里，酒幌子迎风高耸。画船上云烟淡淡，江面上白鹭飞起，此时的美景真是难以勾画。

想起往昔在繁华热闹的都城，敌人已经兵临城下，可陈后主却还在寻欢作乐，亡国的悲恨相互接续。千百年来有多少人登高远眺，对着金陵城慨叹兴亡。六朝旧事像那滔滔流水一样渐渐消逝，只有寒雾、衰草凝聚着碧绿。直到如今，那些卖唱的歌女，时常还在演唱陈后主所作的曲子《玉树后庭花》！

王安国 清平乐

留春不住，费尽莺儿语。满地残红宫锦污，昨夜南园风雨。

小怜初上琵琶，晓来思绕天涯。不肯画堂朱户，春风自在杨花。

与大家晤面 王安国

（公元1030年—公元1076年）

字平甫，抚州临川（今江西）人，王安石之弟。

特别注释

①残红：落花。

②宫锦：宫中特有的锦缎。

③南园：泛指园圃。

④小怜：北齐后主高纬宠妃淑妃的名字。

文意解读

想留住春天却留不住，黄莺费尽唇舌也说服不了春天。满地落花就像弄脏了的宫锦，昨夜南园遭到风雨欺凌。

小怜抱着琵琶出来，思绪随着琵琶声飞到天涯海角。不肯委身画堂朱户，只愿像那在春风里绽放的自在杨花。

水调歌头

苏轼

丙辰中秋，欢饮达旦，作此篇，兼怀子由。

明月几时有？把酒问青天。不知天上宫阙，今夕是何年。我欲乘风归去，又恐琼楼玉宇，高处不胜寒。起舞弄清影，何似在人间。

转朱阁，低绮户，照无眠。不应有恨，何事长向别时圆？人有悲欢离合，月有阴晴圆缺，此事古难全。但愿人长久，千里共婵娟。

与大家晤面 苏轼

（公元1037年—公元1101年）

字子瞻，自号东坡居士，眉州眉山（今属四川）人。与父苏洵、弟苏辙，并称“三苏”。博学多才，诗词文赋书画俱佳。词开豪放一派，婉约词也多有佳作。

特别注释

①丙辰：宋神宗熙宁九年（公元1076年）。
②达旦：到天亮。
③子由：苏轼的弟弟苏辙，字子由。
④宫阙：宫殿。阙，宫殿门外两相对应的高大建筑。
⑤琼：美玉。
⑥不胜：不堪承受。
⑦弄：赏玩。
⑧绮户：雕饰华丽的窗户。
⑨婵娟：指月亮。

文意解读

丙辰年（公元1076年）中秋节，通宵畅饮，我写了这首词，借以怀念弟弟子由。

明月什么时候才有？手拿酒杯来追问青天。不知道天上的宫殿，今年是哪年。我想驾着清风扶摇直上，登上天上的宫殿，又害怕在那高高的月宫里太过冷清，我受不了其中的冷落、风寒。我在月光里翩翩起舞，观赏月下的清影，何不留在人间！

月光转过朱红的楼阁，低洒在窗前，照得床上的人睡不着觉。月亮不应该有什么怨恨，但你为什么总在亲人离别时才圆？人生有悲欢离合的变迁，月亮有阴晴圆缺的转换，这种事自古以来就难以周全。希望分离的人能健康长寿，远隔千里共享皎洁的月光。

苏轼 | 水龙吟 次韵章质夫杨花词

似花还似非花，也无人惜从教坠。抛家傍路，思量却是，无情有思。萦损柔肠，困酣娇眼，欲开还闭。梦随风万里，寻郎去处，又还被莺呼起。

不恨此花飞尽，恨西园、落红难缀。晓来雨过，遗踪何在？一池萍碎。春色三分，二分尘土，一分流水。细看来不是杨花，点点是离人泪。

特别注释

①次韵：和人的诗并依照原诗用韵的次序，叫“次韵”。章质夫：苏轼的同僚。

②杨花：指柳絮。

③从教坠：任凭它坠落飘零。

④无情有思：虽无情义却有余恨。

⑤娇眼：柳叶初生叫柳眼。困酣娇眼，是拟人手法，形容女子的慵态。

⑥难缀：难以连接。

文意解读

像花又好像不是花，也无人怜惜任凭它坠落飘零。它远离家乡倚在路旁，仔细思量虽无情意却有余恨。好像很无情，实际上却是含有深深的情谊。受伤的柔肠啊，千回百转，困倦的娇眼啊，恍惚迷离，欲开又闭。梦儿啊，随风飘荡而去，又被黄莺的啼叫声惊醒。

不恨此花飘飞落尽，只恨西园、满地落红枯萎再难以连接。清晨淋过阵雨，何处有落花遗踪？它飘入池中，化成满地杂乱的浮萍。杨花三分春色姿容，有二分埋入泥土，有一分随水流去。仔细看来，那不是杨花啊，点点飘絮分明是离人泪盈盈！

苏轼 | 定风波

三月三日沙湖道中遇雨，雨具先去，同行皆狼狈，余不觉。已而遂晴，故作此。

莫听穿林打叶声，何妨吟啸且徐行。竹杖芒鞋轻胜马，谁怕？一蓑烟雨任平生。

料峭春风吹酒醒，微冷，山头斜照却相迎。回首向来萧瑟处，归去，也无风雨也无晴。

特别注释

①沙湖：地名，地处湖北黄冈东南30里处，又名螺师店。

②狼狈：困窘，窘迫。

③芒鞋：草鞋。

④料峭：春寒。

文意解读

三月初三这天，我在去沙湖的途中遇到了大雨，事先没带雨具，一起同行的人被雨淋得都很狼狈，而我却不觉得。过一段时间雨停了，于是我写下了这首词。

别听那穿透树林、打在树叶上的风雨声音！这一切都无所谓，我依然一边吟诗长啸，一边从容赶路。脚穿着草鞋，手拄着竹杖，步履轻松，这样比骑马坐车更加轻松。任凭它风雨一辈子吹打，披一件蓑衣顶着它！

微寒的春风吹醒了我的酒意，稍微感觉有些凉意，但迎面的山头上露出了夕阳的余光。回头看看刚才风雨交加的地方：风雨没有了，落日的余晖也消失了，正是回家的好时候！

苏轼 卜算子 黄州定慧寺寓居作

缺月挂疏桐，漏断人初静。谁见幽人独往来，缥缈孤鸿影。
惊起却回头，有恨无人省。拣尽寒枝不肯栖，寂寞沙洲冷。

特别注释

①定慧寺：一作定慧院，在今湖北黄冈东南长江边。

②漏断：指夜深。漏，即更漏，古代计时器。

③幽人：幽居之人，即隐士。

④缥缈：隐约，高远。

⑤省：理解，明白。

文意解读

残月挂在稀疏的梧桐树上，夜已深了，人群开始安静。谁看见隐士独自往来徘徊？只有那缥缈孤飞的雁子的身影。

受惊而起，频频回头，心中的怨恨啊，无人能够理解。选遍了寒冷的树枝，却不肯停下栖息，甘愿躲到那沙洲之中，饱受寂寥之苦。

苏轼 青玉案 和贺方回韵送伯固归吴中

三年枕上吴中路。遣黄耳，随君去。
若到松江呼小渡，莫惊鸥鹭，四桥尽是、老子经行处。
辋川图上看春暮，常记高人右丞句。
作个归期天已许，春衫犹是，小蛮针线，曾湿西湖雨。

特别注释

①吴中：江苏吴县。

②黄耳：犬名，能千里致书。

③松江：吴淞江。

④辋川图：唐朝王维在蓝田清凉寺壁上曾画《辋川图》。

⑤右丞：王安石。

⑥小蛮：唐朝诗人白居易的小妾。

文意解读

我们认识三年了，一切好像在梦中一般。现在你要去吴中故园，我想打发黄狗跟在你身边。

如果到松江渡口时招呼渡船，不要惊动那里的白鹭双鸥，那里我非常熟悉，有名的四桥我都看遍了，走遍了那里的水水山山。

如今我只能在王维的画中欣赏春天，常记王安石的诗句中那些美丽的山山水水。

定个还乡的归期，天公已应许，我又穿上那件春天穿过的短袖单衣，衣服上还有小蛮作的针线，西湖的细雨，曾沾湿过这件单衣。

苏轼｜江城子 乙卯正月二十日夜记梦

十年生死两茫茫，不思量，自难忘。

千里孤坟，无处话凄凉。纵使相逢应不识，尘满面、鬓如霜。

夜来幽梦忽还乡，小轩窗，正梳妆。

相顾无言，惟有泪千行。料得年年肠断处，明月夜、短松冈。

文意解读

十年生死离别恨隔人天，茫茫不见，即使不刻意怀想，又怎能忘记呢？

你孤零零的坟墓在那千里远的地方，何处是倾诉凄凉的地方呢？纵然是夫妻再相逢，你也许认不出灰尘满面、两鬓如霜的我了。

夜里做了个奇异的梦，忽然返回故乡，看见你在那小窗户下梳妆打扮。

意外相逢，悲喜交集，相对不语，只有泪如雨下。料想今后年年月月我都会为这个短松冈、明月夜而肝肠寸断的。

特别注释

①十年：苏轼妻子王氏去世十年。

②千里孤坟：王氏去世后葬在四川，离苏轼现在住的地方有千里之遥。

③小轩窗：外有走廊的小窗户。

④短松冈：指栽着矮松的墓地。

与大家晤面 李之仪

（约公元1035年—公元1117年）

字端叔，号姑溪居士，沧州无棣（今属山东）人。能诗文，又工词，语言通俗简明。

卜算子

李之仪

我住长江头，君住长江尾。日日思君不见君，共饮一江水。

此水几时休？此恨何时已？只愿君心似我心，定不负相思意。

特别注释

①长江头：指长江上游四川一带。

②已：停止，了结。

③定：此字为衬字（曲子在曲律规定字以外，为了行文或歌唱的需要而增加的字）。

文意解读

我住长江的源头，你住长江的末尾。我在这里天天思念你啊，却见不到你的踪影，我们却是共同喝着一条长江的水。

这条江水什么时候才能停止流淌啊？这份遗恨什么时候才能止息？只希望你的心像我的心一样，不要辜负我这一番相思的情意。

晏几道｜临江仙

梦后楼台高锁，酒醒帘幕低垂。去年春恨却来时，落花人独立，微雨燕双飞。

记得小蘋初见，两重心字罗衣。琵琶弦上说相思。当时明月在，曾照彩云归。

特别注释

①却来：又来。
②小蘋：歌女名。
③两重：重叠。
④心字罗衣：绣有“心字”图案的罗衣。
⑤彩云：古代常指美女，这里指小蘋。

文意解读

梦醒后，只见四周高高的楼台已闭门紧锁，酒醒后，那重重的帘幕正低垂到地。去年春天离别的情思一直困扰着我，正逢落花的时节，我一人久久地孤独伫立，细雨霏霏，燕儿翩翩双飞。

曾记得与小蘋初次相见的时候，她穿着薄罗衫子，上面绣有双重的“心”字。小蘋脉脉含情，拨弹着琵琶，借助琵琶美妙的乐声传递相思之情。当时的明月现在依然还在，曾映照小蘋归来。

与大家晤面　晏几道

（公元1038年—公元1110年）

字叔原，号小山，抚州临川（今江西）人。著名词人晏殊第七子。其词长于小令，多感伤情调，语言精巧流丽。与其父齐名，号称“二晏”。

晏几道—蝶恋花

梦入江南烟水路，行尽江南，不与离人遇。睡里消魂无说处，觉来惆怅消魂误。

欲尽此情书尺素，浮雁沉鱼，终了无凭据。却倚缓弦歌别绪，断肠移破秦筝柱。

特别注释

①烟水路：烟雾迷蒙的江流。

②尺素：用一尺素绢写信，代指书信。

③浮雁沉鱼：指无人传递书信。雁、鱼都指书信。

④终了：终于。

⑤缓弦：柔缓的乐音。

⑥秦筝：古代秦地所造的一种弦乐器。

文意解读

梦中到了烟雨迷蒙的江南，走遍江南也没有遇见那离别的友人。梦中的伤心事无人述说，醒来更觉惆怅，离情别恨啊，让人魂牵梦绕。

想把这份深情写成书信，可惜鸿雁高飞、鱼藏水底，终究无法替我传递书信。和着舒缓的琴声，唱出离情别绪，为了演奏断肠的悲曲，移遍了秦筝的柱。

晏几道—蝶恋花

醉别西楼醒不记，春梦秋云，聚散真容易。斜月半窗还少睡，画屏闲展吴山翠。

衣上酒痕诗里字，点点行行，总是凄凉意。红烛自怜无好计，夜寒空替人垂泪。

特别注释

①西楼：即《临江仙》词中所写的楼台。

②春梦：比喻转瞬即逝的好景或空幻的不能实现的愿望。

③吴山：吴地的山，泛指江南山水。吴，今浙江一带。

文意解读

醉梦醒来，记得的只是因离别痛苦而大醉以浇离愁，清醒后更感慨。时间短暂，聚无定期，散去容易。夜里酒醒，只见斜月半窗，映照着屏风上的翠峰，心头感慨万千，难以入睡。

衣服上宴酒的痕迹，聚会所赋的诗句，点点行行，总有一番凄凉意绪。红烛自悲自怜也没有办法解脱，寒夜里替人空垂泪滴。

晏几道 | 鹧鸪天

彩袖殷勤捧玉钟，当年拚却醉颜红。舞低杨柳楼心月，歌尽桃花扇底风。

从别后，忆相逢，几回魂梦与君同。今宵剩把银釭照，犹恐相逢是梦中。

特别注释

①彩袖：代指女子。
②玉钟：酒杯的美称。
③拚却：毫不顾惜，甘愿。
④桃花扇：绘有桃花的歌扇。
⑤同：相聚。
⑥剩把：只管把。
⑦银釭：银灯，多用作油灯的美称。

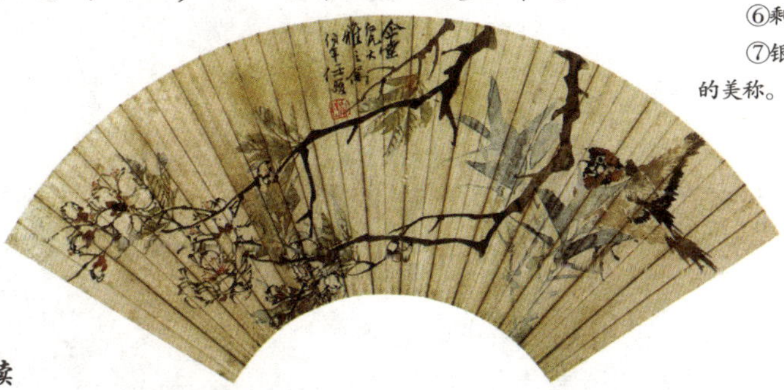

文意解读

女子手捧着酒杯殷勤多情，当年我甘愿一醉弄得满面通红。舞到月亮从天井西沉，歌扇的柔风渐渐精力耗尽。

自从离别后，总想着能再团聚，多少回梦中与你相聚。今晚只管把银灯照亮，恐怕还是只能在梦中相见。

晏几道 | 御街行

街南绿树春饶絮，雪满游春路。树头花艳杂娇云，树底人家朱户。北楼闲上，疏帘高卷，直见街南树。

阑干倚尽犹慵去，几度黄昏雨。晚春盘马踏青苔，曾傍绿阴深驻。落花犹在，香屏空掩，人面知何处？

文意解读

南街上，春天里飘飘扬扬的柳絮纷飞绕着绿树，像雪花般落满游春的道路。树头处，娇艳的桃花映着彩云，树底下，有人家居住。空闲的时候回到小楼，登上楼去把那稀疏的帘幕高高卷起，对面正看见街南的那些绿树。

我倚着栏杆十分惆怅，独自在楼上远望，一次又一次地经历了黄昏的风雨。暮春季节，我一个人默默地思量了很久。我曾在绿阴之中骑马游玩，只见落花还在，闺房中的屏风却空掩着，我心中的佳人如今去了哪里呢？

特别注释

①饶絮：指柳絮纷飞。饶，多。
②慵：困倦。
③傍：靠，靠近。
④盘马：跨马盘旋。盘，指骑马。

晏几道｜木兰花

秋千院落重帘幕，彩笔闲来题绣户。墙头丹杏雨余花，门外绿杨风后絮。

朝云信断知何处？应作襄王春梦去。紫骝认得旧游踪，嘶过画桥东畔路。

特别注释

①重帘幕：重重帘幕。

②绣户：雕绘华丽的门户。

③雨余花：雨后花，这里指杏花多已凋落。

④紫骝：良马名，又名枣骝。

文意解读

秋千摇曳的院落里重重帘幕，没事的时候挥彩笔题诗在华丽的门户外。墙里佳人如雨后杏花凋落，墙外的人像风后柳絮随风飞舞。

朝云飘逸，音信断了不知她在何处？应做个襄王觅女神，梦到高唐浦。紫骝能记得佳人的住处，从“画桥东畔路”上经过时，竟长嘶而鸣。

晏几道｜虞美人

曲阑干外天如水，昨夜还曾倚。初将明月比佳期，长向月圆时候、望人归。

罗衣著破前香在，旧意谁教改。一春离恨懒调弦，犹有两行闲泪、宝筝前。

特别注释

①天如水：天空澄澈如水。

②著：穿。

③前香在：香气犹在。

④旧意：旧时情意。

⑤闲泪：空泪。

文意解读

从回廊上的栏杆向外看去，外面的天空清澈如水。昨天晚上，我还在这里凭依栏杆。人们都把明月比作佳期，希望在月满的时候，相思的人们都能相见。因此我每天都在这里倚栏眺望，盼望心上人回来。

华丽的衣服虽然已经穿坏了，但原来的香气还在。可是那在外的人啊，是谁让他把旧情忘记。一春以来，因为离愁我满怀愁怨，也无心去弹筝弄弦。只有那两行伤心的眼泪，一滴一滴滴落在那琴上。

辛弃疾 摸鱼儿

淳熙己亥，自湖北漕移湖南，同官王正之置酒小山亭，为赋。

更能消几番风雨，匆匆春又归去。惜春长怕花开早，何况落红无数。春且住！见说道、天涯芳草无归路。怨春不语，算只有殷勤，画檐蛛网，尽日惹飞絮。

长门事，准拟佳期又误，蛾眉曾有人妒。千金纵买相如赋，脉脉此情谁诉？君莫舞！君不见、玉环飞燕皆尘土。闲愁最苦，休去倚危阑，斜阳正在，烟柳断肠处。

与大家晤面 辛弃疾

（公元1140年—公元1207年）

字幼安，号稼轩，历城（今山东济南）人。有不少吟咏祖国河山的作品。其艺术风格多样，但以豪放为主。词风慷慨悲壮，有不可一世之慨。

特别注释

①消：经受。
②画檐：画有图案或彩色的屋檐。
③惹：牵住。
④蛾眉：指代美人。
⑤玉环：唐玄宗的宠妃杨玉环。
⑥飞燕：汉成帝的皇后赵飞燕。

文意解读

淳熙年（公元1179年）己亥日，我从湖北坐船到湖南，同僚王正之在小山亭设置酒宴，我写了这首词。

怎么能多次忍受风雨侵袭，再加上春天也一起匆匆离去。希望春天长一些，害怕花儿开得太早，纷纷凋谢。请春天暂且停下脚步！听说芳草延伸到天涯，阻隔了春光的归路。怨恨春光沉默不语，只有彩画屋檐上蜘蛛网情意殷勤，终日沾惹着飘飞的柳絮，留住了一点春光的痕迹。

皇后陈阿娇住在长门宫，期待皇帝到来却一再失望，因为她容貌美丽遭人妒忌。即使花千金重资买来司马相如的《长门赋》，这脉脉深情向谁倾诉？劝你得意时不要轻狂！难道你没有看见，杨玉环、赵飞燕得宠忘形都化作了尘土。无聊的愁情最苦，愁苦中便出去倚着栏杆望风，以消愁解闷。但危栏也不可倚，因为刚上楼便看见烟柳斜阳，落日的余晖正斜照着令人断肠的烟雾迷离的柳阴处。

辛弃疾 水龙吟 登建康赏心亭

楚天千里清秋，水随天去秋无际。遥岑远目，献愁供恨，玉簪螺髻。落日楼头，断鸿声里，江南游子，把吴钩看了，阑干拍遍，无人会、登临意。

休说鲈鱼堪脍，尽西风季鹰归未？求田问舍，怕应羞见，刘郎才气。可惜流年，忧愁风雨，树犹如此。倩何人唤取，红巾翠袖，揾英雄泪？

特别注释

①岑：小而高的山。
②螺髻：螺旋盘结的发髻。皆形容远山秀美。
③断鸿：离群的孤雁。
④吴钩：刀名。
⑤脍：细切的鱼、肉。
⑥流年：流逝的时光。
⑦倩：请托。
⑧红巾翠袖：代指美人。
⑨揾：擦拭。

↑ 刀身呈曲翘状的吴钩

↑ 美味的鲈鱼

文意解读

楚地一派凄清的秋色，水天相接，秋色无边无际。远望那些小而高的山，像美人头上的碧玉簪、青螺发髻一样，好像都在发愁，又仿佛在向我倾述着无限怨恨。面对着落日，我独自站在楼顶，听着南飞鸿雁来来往往的声音。我这位江南的游子啊，把吴钩看了又看，把楼上的栏杆拍了又拍，可又有谁能理解我心中的情意？

不要说鲈鱼脍的鲜美，西风吹，我却不能像张季鹰那样归去。我更不愿像许汜那样置田买屋安居乐业，我羞于见人，怕被刘备那样的英雄人物小看，可惜年华在无所作为中逝去，人比树老得还快。想到这里，我不禁潸然泪下。哪位好心的佳人能为我擦拭这英雄泪啊。

辛弃疾 永遇乐 京口北固亭怀古

千古江山，英雄无觅、孙仲谋处。舞榭歌台，风流总被、雨打风吹去。斜阳草树，寻常巷陌，人道寄奴曾住。想当年，金戈铁马，气吞万里如虎。

元嘉草草，封狼居胥、赢得仓皇北顾。四十三年，望中犹记，烽火扬州路。可堪回首，佛狸祠下，一片神鸦社鼓。凭谁问，廉颇老矣，尚能饭否。

特别注释

①京口：地名，在今江苏镇江。

②北固亭：在镇江东北北固山上，又名北顾亭。晋人蔡谟为储军备而建。

③孙仲谋：三国时吴国君主孙权的字。

④舞榭歌台：指孙权的故宫。

⑤寄奴：南朝宋武帝刘裕的小名。刘裕生于京口，家境贫穷，故云“寻常巷陌”。

⑥封：筑台祭天。

⑦佛狸祠：在今江苏六合瓜步山上。佛狸是北魏太武帝拓跋焘的小名。

⑧廉颇：战国时赵国名将。

文意解读

江山依旧，却无处寻求像孙权一样的英雄豪杰。旧日的故宫和英雄业绩，总被无情的岁月化为乌有。一抹斜阳映着茂密的草树，平常的街巷，听人说刘裕曾经住在这里。想当年，他指挥的金戈铁骑，气吞万里，威猛如虎。

元嘉年间，刘义隆草草出兵北伐中原，希望能像霍去病一样在狼居胥山封坛祭天，结果只落得惊慌败北狼狈逃窜。如今已过了43年，我遥望中原，扬州路上烽火弥漫的情景历历在目。哪堪回首，而今侵掠中原的拓跋焘的祠庙香火旺烧，神鸦鸣躁，社鼓喧闹！还有谁来问我：廉将军已经年老，饭量还好吗？

辛弃疾 青玉案 元夕

东风夜放花千树，更吹落星如雨。宝马雕车香满路，凤箫声动，玉壶光转，一夜鱼龙舞。

蛾儿雪柳黄金缕，笑语盈盈暗香去。众里寻他千百度，蓦然回首，那人却在，灯火阑珊处。

特别注释

①元夕：阴历正月十五元宵节。

②花千树：花灯之多如千树开花。

③星如雨：燃放烟花爆竹时的火星乱落如雨。

④玉壶：比喻月亮。

⑤盈盈：形容女子仪态美好。

⑥他："五四"以前"他"兼称男性、女性以及一切事物。

⑦千百度：千百次，千百遍。

⑧阑珊：衰残，将尽。

文意解读

东风还未催开百花，却先吹放了元宵节的火树银花，又将空中的繁星吹落，像阵阵星雨。大街上张灯结彩，灯火辉煌，装饰华丽的香车宝马在路上来来往往，醉人的香气弥漫着整条大街。悦耳的音乐之声四处回荡，如凤箫和玉壶在空中流光飞舞，热闹的夜晚鱼龙形的彩灯在翻腾。

美人的头上都戴着亮丽的饰物，装扮在人群中，她们面带微笑，带着淡淡的香气从人面前经过。我在百千人群中到处寻找不到那位意中人，却总是踪影难觅，不经意间一回头，却看见了她竟孤独地站在灯火昏暗处，还未归去，似有所待。

辛弃疾 鹧鸪天 鹅湖归，病起作

枕簟溪堂冷欲秋，断云依水晚来收。红莲相倚浑如醉，白鸟无言定自愁。

书咄咄，且休休，一丘一壑也风流。不知筋力衰多少，但觉新来懒上楼。

特别注释

①鹅湖：山名，在今江西铅山西北。山上有湖，东晋时龚氏曾在这里养鹅，故名。山下有鹅湖寺，风景优美，辛弃疾乡居时常来此处游览。

②枕簟：枕席。簟，竹席。

③白鸟：指鸥鹭一类的白色水鸟。

④咄咄：表示失意的感叹声。南朝宋刘义庆《世说新语》记载，殷浩被废黜后，整日用手在空中写“咄咄怪事”四字。

⑤休休：罢休。唐朝司空图隐居中条山，建“休休”亭。

⑥一丘一壑：一山一水。

⑦新来：最近。

文意解读

躺在竹席上，感到溪堂像秋天一样冷，黄昏的暮色将依水的浮云收去。红色的莲花互相倚靠，就像姑娘喝醉了酒；鸥鹭一类的白色水鸟安闲静默，一定是在独自发愁。

与其像殷浩用手在空中写“咄咄怪事”以发泄怒气，不如像司空图隐居山林，怡情于山水之间。我不知衰损了多少精力，只是觉得最近懒得登楼远眺。

辛弃疾 | 汉宫春 立春

春已归来，看美人头上，袅袅春幡。无端风雨，未肯收尽余寒。年时燕子，料今宵梦到西园。浑未辨、黄柑荐酒，更传青韭堆盘。

却笑东风，从此便熏梅染柳，再没些闲。闲时又来镜里，转变朱颜。清愁不断，问何人会解连环。生怕见花开花落，朝来塞雁先还。

特别注释

①袅袅：随风摇曳的样子。

②春幡：古代立春那天女子剪彩纸为燕形戴在头上，以示迎春，叫春幡。

③黄柑：以黄柑酿制的美酒。

④青韭：以青嫩韭菜堆在盘子上，称春盘。

⑤塞雁：往返关塞的大雁。

文意解读

春天已重归大地，佳人的头上摇曳着美丽的春幡。无端的一阵风雨，使得阵阵轻寒无法退去。去年的燕子，料想今夜梦里会飞到京师园林。今年我还没有置办黄柑新酒，更别说向亲友馈送青韭堆盘。

嘲笑春风，忙着吹开梅花，再染绿杨柳，时时忙碌。刚刚抽出一点时间，又来改变镜中人青春的容颜。我心中的愁思绵绵，请问有谁能解开这人世间的种种情思？我生怕看见花开花又凋残，清早时关塞的大雁已先行返回了中原。

辛弃疾 菩萨蛮 书江西造口壁

郁孤台下清江水，中间多少行人泪。西北望长安，可怜无数山。

青山遮不住，毕竟东流去。江晚正愁余，山深闻鹧鸪。

文意解读

郁孤台下这赣江的滔滔江水，水中含有多少难民的血泪。我站在高处向西北眺望长安，可惜被无数的群山一层又一层挡住了视线。

纵使重重叠叠的青山阻隔，浩浩江水依旧向东奔流不息。黄昏中我正满怀愁绪独立江边，深山里又传来几声鸟啼，更令人惆怅。

特别注释

①造口：即皂口，镇名，在今江西万安西南60里处。
②长安：代指京师。
③愁余：使我发愁。
④可怜：可惜。

舒亶 虞美人

与大家晤面 舒亶

(公元1041年—公元1103年)

字信道，号懒堂，明州慈谿（今属浙江）人。工小词，思致缜密。

芙蓉落尽天涵水，日暮沧波起。背飞双燕贴云寒，独向小楼东畔倚阑看。

浮生只合尊前老，雪满长安道。故人早晚上高台，寄我江南春色一枝梅。

特别注释

①芙蓉：荷花。

②背飞：背离而飞，这里指分离。

③浮生：人生，老子、庄子学派认为人生在世虚浮不定，因此称人生为浮生。

文意解读

荷花落尽，黄昏时，风儿吹皱了湖水，水天相连形成一色，一对轻盈的燕儿，紧贴着高远的秋云，向相反方向飞去，感受着秋天的寒意；我独自一人站在小楼的东侧，靠着栏杆向远处凝望。

人生是多么的虚浮不定啊，只好借酒消磨时光；又是一年冬天到，白皑皑的雪花落满了京城的大街小巷。我想，我的老朋友每天早晚也会登上高台，并会寄给我一枝清丽的早梅，为我带来南方春天的消息。

秦观 | 减字木兰花

天涯旧恨，独自凄凉人不问。
欲见回肠，断尽金炉小篆香。
黛蛾长敛，任是春风吹不展。
困倚危楼，过尽飞鸿字字愁。

特别注释

①回肠：形容忧愁不安。

②篆香：制成篆文形的盘香。

③黛蛾：青黑色的蛾眉。黛，青黑色的颜料，古代女子用以画眉。

文意解读

漂泊在江湖，感受到无限的离愁别恨，我独自一人，凄凄凉凉啊，生活无人过问。

想知道我有多么忧愁，只需看看那铜炉里的篆香就够了。

青黑色的蛾眉紧皱，任凭春风吹拂也不能使它舒展。

困倦地靠在高楼上，眼望着大雁一队队地飞过，那雁阵就好像一个个愁字一般，铺展在广阔的天际。

与大家晤面 秦观

(公元1049年—公元1100年)

字少游，一字太虚，别号淮海居士，高邮（今属江苏）人。苏轼门人，与黄庭坚、晁补之、张耒并称“苏门四学士”。在婉约派词人中，他是杰出的代表。词的风格委婉含蓄，清新雅淡。

秦观 | 满庭芳

山抹微云，天粘衰草，画角声断谯门。暂停征棹，聊共引离尊。多少蓬莱旧事，空回首、烟霭纷纷。斜阳外，寒鸦万点，流水绕孤村。

消魂，当此际，香囊暗解，罗带轻分。漫赢得青楼，薄幸名存。此去何时见也？襟袖上、空惹啼痕。伤情处，高城望断，灯火已黄昏。

特别注释

①谯门：谯楼，城门上的瞭望楼，俗称鼓楼。

②棹：船桨。

③尊：古代酒器。

④消魂：极度伤心的样子。

⑤轻：轻易。

⑥青楼：妓馆。

⑦薄幸：薄情。

⑧啼痕：泪痕。

文意解读

远处的山腰飘着浮云，枯萎的秋草一直连到天边，从城楼上传来一声声号角声。于是我停下行船，与友人端起饯行的酒杯。多少欢乐的往事浮现在眼前，现在见到的只是一片夜雾茫茫。斜阳之外，寒鸦万点，流水环绕着这个孤独的小村。

实在令人极度伤心啊，恰逢在这个时候，你我又要分离，偷偷地解下香囊，脱去衣带，相互送上彼此一片心意。我在妓馆中寻找到一个知音，得到了个薄情的名声。这次分别不知什么时候才能再相见，衣襟衣袖上，到处留下了离别的泪痕。正在感伤的时候，远处的高城亮起了点点灯火，不知不觉已经到了黄昏时分。

秦观｜浣溪沙

漠漠轻寒上小楼，晓阴无赖似穷秋。淡烟流水画屏幽。

自在飞花轻似梦，无边丝雨细如愁。宝帘闲挂小银钩。

特别注释

①漠漠：弥漫的样子。
②晓阴：清晨阴郁的天气。
③无赖：无奈。
④穷秋：晚秋。
⑤银钩：月牙。

文意解读

漫漫的轻寒弥漫了小楼，清晨的阴冷让人倍感无奈，真好像晚秋画屏上的景物，涓涓的流水，景色静谧清幽。

自在飘飞的落花轻盈舞动，令人恍惚是在梦境中，天边迷茫的微雨细细密密，就像是我的哀愁啊，无聊地卷起珍珠帘挂上小银钩。

秦观｜阮郎归

湘天风雨破寒初，深沉庭院虚。
丽谯吹罢小单于，迢迢清夜徂。
乡梦断，旅魂孤，峥嵘岁又除。
衡阳犹有雁传书，郴阳和雁无。

特别注释

①湘天：指湘江流域的天空。
②破寒初：严冬刚过。
③虚：空空荡荡。
④丽谯：城门楼。
⑤小单于：乐曲名。
⑥徂：逝去。
⑦峥嵘：不平凡，不寻常。
⑧岁又除：指年终。
⑨和雁无：连雁也没有。

文意解读

湘江流域风雨大作，带来初春的寒气，深深的庭院空空荡荡。
城楼上吹奏着《小单于》乐曲，清冷的长夜就这样渐渐逝去。
思乡的梦被打断，我感到特别孤独，更何况现在又是除夕夜。
衡阳还可以有鸿雁传递书信，这郴阳比衡阳还远，所以没有鸿雁传递书信。

与大家晤面 贺铸

（公元1052年—公元1125年）

字方回，号庆湖遗老，卫州（今河南卫辉）人。词风多样，善锤炼字句，常运用古乐府及唐人诗句入词。

贺铸｜蝶恋花

几许伤春春复暮，杨柳清阴，偏碍游丝度。天际小山桃叶步，白苹花满湔裙处。

竟日微吟长短句，帘影灯昏，心寄胡琴语。数点雨声风约住，朦胧淡月云来去。

特别注释

①桃叶：晋朝王献之的小妾。这里借指恋人。

②湔：洗。

③胡琴：乐器名。唐宋时，凡来自北方和西方各民族的拨弦乐器，如琵琶、忽雷等，统称胡琴。

文意解读

春天又到了迟暮，伤春的愁情如泉涌出。杨柳清凉的浓阴，偏偏妨碍蜘蛛、树虫的游丝横度。遥远的天边的小山，桃叶曾经走过，白苹花丛生的水边是妇女洗裙的处所。

每日里低吟着长短句，灯光昏暗地映着帘影，借着胡琴一曲寄托心声。几点雨声过后，风渐渐地停止了，月色暗淡，云在其中自由穿梭。

贺铸｜青玉案

凌波不过横塘路，但目送、芳尘去。锦瑟华年谁与度？月桥花院，琐窗朱户，只有春知处。

飞云冉冉蘅皋暮，彩笔新题断肠句。试问闲愁都几许？一川烟草，满城风絮，梅子黄时雨。

特别注释

①凌波：形容女子步履轻盈。

②横塘：苏州古地名。

③芳尘：指美人的行踪。

④锦瑟华年：比喻美好的青春时期。

⑤琐窗：雕刻或彩绘有连环形花纹的窗子，此窗为富家的象征，与“寒窗”有别。

⑥冉冉：流动的样子。

文意解读

你的玉步不肯移到横塘，我只有目送着你离去。不知你现在与谁相伴，共度这花样的美好时光？在那修着偃月桥的院落中，朱红色的小门映着美丽的琐窗。只有春风儿啊，才知道你的归处。

云儿在空中飘过，长满杜蘅的小洲在暮色中若隐若现。佳人一去不复返，我只有用彩笔写下这断肠的诗行。如果要问我此时的忧伤有多么深长，它就像烟雨中的一川青草，就像随着风儿漫天飘飞的柳絮，也像梅子黄时的雨水，没有止期。

晁补之 洞仙歌 泗州中秋作

青烟幂处，碧海飞金镜。永夜闲阶卧桂影。露凉时，零乱多少寒螀，神京远，惟有蓝桥路近。

水晶帘不下，云母屏开，冷浸佳人淡脂粉。待都将许多明，付与金尊，投晓共流霞倾尽。更携取胡床上南楼，看玉做人间，素秋千顷。

与大家晤面 晁补之

（公元1053年—公元1110年）

字无咎，号归来子，济州巨野（今属山东）人。苏门四学士之一，文与词受苏轼影响较深。

文意解读

月亮被青色的烟云遮住，碧海里飞出一轮明镜。长夜的空阶上卧着桂树的斜影。夜露渐凉的时候，很多秋蝉杂乱无章地鸣叫着，思念京都路远，论路近只有月宫仙境。

高卷着水晶帘，展开花岗岩的屏风，美人的淡淡脂粉浸润了夜月的清冷。待月色澄莹，倒入酒杯，直到拂晓连同流霞全都倾尽。再带一张胡床登上南楼，看白玉铺成的人间，领略素白澄洁的千顷清秋。

特别注释

①泗州：在今安徽泗县。
②幂：遮盖。
③永夜：长夜。
④寒螀：古书上的一种蝉。
⑤神京：京都。
⑥云母屏：花岗岩的屏风。
⑦流霞：仙酒名。
⑧胡床：一种可以折叠的轻便坐具。

晁补之——忆少年 别历下

无穷官柳，无情画舸，无根行客。南山尚相送，只高城人隔。

罨画园林溪绀碧，算重来、尽成陈迹。刘郎鬓如此，况桃花颜色。

特别注释

①历下：山东历城，即今山东济南。
②官柳：大道两旁的柳树。官，官道，大路。
③画舸：有彩绘的大船。
④无根：比喻行踪不定。
⑤南山：指历山，在历城县南。
⑥罨画：杂色的彩画。
⑦绀：稍微带红的黑色。
⑧刘郎：唐朝刘禹锡《戏赠看花诸君子》诗："玄都观里桃千树，尽是刘郎去后栽。"这里是作者自指。

文意解读

大道两旁的柳树一眼望不到边，彩绘的大船不了解人间的离情别绪，四方来客行踪不定。只有历山有情有意，在两岸迎来送往，但高城却隔断了人的视线。

两岸景色秀丽动人，园林青青，溪水清亮透澈，就算再重游故地，也已物是人非。我的鬓发已经斑白，怎么能和桃花的颜色相比？

晁冲之 临江仙

忆昔西池池上饮，年年多少欢娱。

别来不寄一行书，寻常相见了，犹道不如初。

安稳锦衾今夜梦，月明好渡江湖。

相思休问定何如？情知春去后，管得落花无。

与大家晤面 晁冲之

（生卒年不详）

字叔用，一字用道，济州巨野（今属山东）人。晁氏是北宋名门、文学世家，晁冲之的堂兄晁补之、晁说之都是当时有名的文学家。晁冲之擅音律，工诗文，曾中进士。

文意解读

想当年我们在金明池池上宴饮，那时候的时光是多么快乐啊。

可是，自从分别之后，我们之间就失去了联系。虽然后来大家又得以相见，但却多了一些陌生，多了一些平淡，再也不像当初那么友好。

放好枕头，铺好锦被，准备进入梦乡，今夜我要在梦中，趁着月色明亮，渡过宽江大河，去与那些多年不见的好友相见。

尽管非常想念，但也不要多问什么。我知道春天已经过去，还用问什么花儿落了没有。

特别注释

①西池：指汴京城西的金明池。

②衾：大被。

③无：表示疑问，没有。

周邦彦 满庭芳 夏日溧水无想山作

与大家晤面 周邦彦

(公元1056年—公元1121年)

字美成，号清真居士，钱塘（今浙江杭州）人。精通音律，曾创作不少新词调。作品多写闺情、羁旅，也有咏物之作。格律谨严，语言典丽精雅，为后来格律派词人所宗。

风老莺雏，雨肥梅子，午阴嘉树清圆。地卑山近，衣润费炉烟。人静乌鸢自乐，小桥外、新绿溅溅。凭阑久，黄芦苦竹，拟泛九江船。

年年，如社燕，飘流瀚海，来寄修椽。且莫思身外，长近尊前。憔悴江南倦客，不堪听、急管繁弦。歌筵畔，先安簟枕，容我醉时眠。

特别注释

①溧水：今江苏县名。
②风老莺雏，雨肥梅子：莺雏在风中长大，梅子在雨中圆肥。老、肥，形容词用为动词。
③衣润费炉烟：衣服潮湿，需用炉烟熏烘。
④鸢：鸱鹰。这里乌鸢连用，指乌鸦一类的鸟。
⑤社燕：燕子春社时来，秋社时去，故名社燕。
⑥瀚海：沙漠。这里泛指荒远偏僻的地方。
⑦修椽：长的椽子。指燕子筑窝之处。
⑧身外：指功名利禄为身外之物。
⑨簟：竹席。

文意解读

莺雏在风中成长，梅子在雨中肥大，茂密的树冠在午日的直射下呈现出清圆的树影。地势低洼靠近山，衣服潮湿要用炉火烘干。人家寂静，乌鸦无忧地自乐翩翩，小桥外边，新涨的绿水湍流激溅。久久地凭靠着栏杆，眼前是遍地黄芦苦竹，我自己竟仿佛是遭贬的白居易泛舟九江边。

年复一年，好像春来秋去的燕子一般，飘飞流浪在这荒远偏僻的地方，来寄居在长长的屋檐。不用去想那身外的功名业绩，还是怡心畅神，常坐酒樽前吧。我这疲惫、憔悴的江南游子，再不忍听激越、繁复的管弦。就在歌宴边，为我安上一个竹席，醉后我可以随意安眠。

周邦彦 蝶恋花

月皎惊乌栖不定，更漏将阑，轳辘牵金井。唤起两眸清炯炯，泪花落枕红绵冷。

执手霜风吹鬓影，去意徊徨，别语愁难听。楼上阑干横斗柄，露寒人远鸡相应。

特别注释

①月皎：月光皎洁。
②更漏：即刻漏，古代的记时器。
③阑：尽。
④轳辘：汲取井水的木制装置。
⑤眸：眼珠。
⑥炯炯：发光的样子。

→古代的计时器——更漏

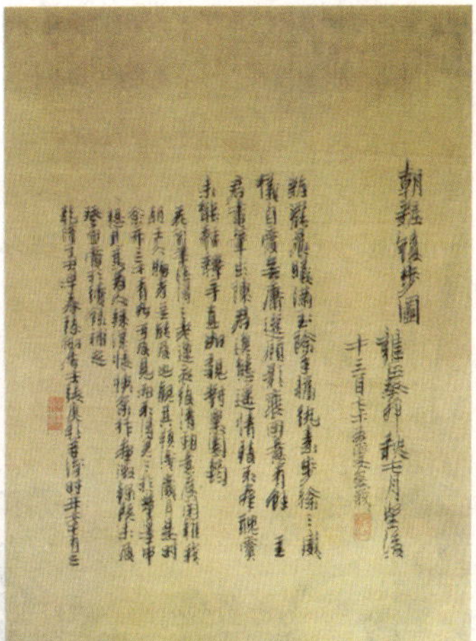

文意解读

月光皎洁，乌鸦叫个不停，深夜已经过去，屋外响起轳辘在井里汲水的声音。这声音使女子泪水潸然，泪水啊，竟打湿了枕中的红绵。

两人手拉着手来到庭院，任凭霜风吹拂鬓发，两人难舍难分，告别的话儿令人断肠。天色渐亮，北斗星横在楼上的栏杆处，远处传来鸡叫声，仿佛是在催人离别。

赵令畤｜蝶恋花

与大家晤面 赵令畤

（公元1051年—公元1134年）

初字景贶，苏轼改为德麟，自号聊复翁，涿郡（今河北蓟县）人。

卷絮风头寒欲尽，坠粉飘香，日日红成阵。新酒又添残酒困，今春不减前春恨。

蝶去莺飞无处问，隔水高楼，望断双鱼信。恼乱横波秋一寸，斜阳只与黄昏近。

特别注释

①双鱼：代指书信。

②横波：比喻女子眼神流转生姿。

③秋一寸：也指眼睛。

文意解读

风渐渐小了，寒气已退，凋落的花瓣散发出香气，花儿每天一阵阵地飘落。昨日喝的酒我还没有清醒，现在又添上新酒，使我更加慵懒困倦，今春的怨恨不比去年减少。

蝴蝶翩翩飞去，黄莺也飞走了，我能向谁打听消息呢？只能注目着楼前的流水，可望眼欲穿也盼不到情人的来信。眼神缭乱，眼看太阳已西斜，黄昏又要到来。

赵令畤｜蝶恋花

欲减罗衣寒未去，不卷珠帘，人在深深处。红杏枝头花几许？啼痕止恨清明雨。

尽日沉烟香一缕，宿酒醒迟，恼破春情绪。飞燕又将归信误，小屏风上西江路。

特别注释

①清明：农历二十四节气之一。

②宿酒：前一天喝的酒。

③恼破：非常烦恼。

文意解读

想要减掉衣裳，可是春寒依然，无心将珠帘卷起，一个人静坐屋中。枝头还有几朵杏花？因为怨恨清明时节无情的风雨，我已是满面泪痕。

整天对着一缕缕沉香的轻烟，昨晚喝醉，今天迟迟不肯起床，被惜春的情绪困扰。飞回的燕子仍然没有带来回信，我呆呆地望着小屏风，心中充满无限惆怅。

叶梦得 虞美人

雨后同干誉、才卿置酒来禽花下作

落花已作风前舞，又送黄昏雨。晓来庭院半残红，惟有游丝，千丈罥晴空。

殷勤花下同携手，更尽杯中酒。美人不用敛蛾眉，我亦多情，无奈酒阑时。

与大家晤面 叶梦得

(公元1077年—公元1148年)

字少蕴，号石林居士，原籍吴县（今属江苏）人，居乌程（今浙江湖州）。能诗工词，长于议论，词风早年婉丽，中年学东坡，晚岁简洁而时出雄杰。

特别注释

①干誉、才卿：都是作者的朋友。

②来禽：即林檎，南方称花红，北方称沙果。

③游丝：蜘蛛丝。

④罥：挂碍，缠挂。一作"袅"。

⑤敛蛾眉：皱眉。

⑥酒阑：酒已喝干。

文意解读

落花在风中飞舞，又送走黄昏时的风雨。早晨醒来，庭院里处处堆满凋落的花，只有游丝在空中荡来荡去。

我们曾在花前携手同游，更曾一起举杯畅饮。美人啊，不要因离别而皱眉，我也情意深厚，无奈酒已喝干，我对人生无常也感到无可奈何。

汪藻｜点绛唇

与大家晤面 汪藻

(公元1079年—公元1154年)

字彦章，饶州德兴(今属江西)人。其诗初学江西派，后学苏轼。博览群书，工骈文。

新月娟娟，夜寒江静山衔斗。起来搔首，梅影横窗瘦。

好个霜天，闲却传杯手。君知否？乱鸦啼后，归兴浓如酒。

特别注释

①娟娟：美好的样子。

②山衔斗：星斗在两山之间，形状如口衔一样。

③搔首：挠头，心绪烦乱焦急或思考时的动作。

④霜天：秋天。

⑤闲却：闲置。

⑥传杯：聚饮。

⑦归兴：归家的兴致。

文意解读

一轮新月非常美丽，夜晚寒冷、江面平静、远山衔着星斗。我无法安眠啊，便起来徘徊搔首，梅花的影子横映在窗户上，显得十分清瘦。

好一个秋天啊，闲来无事和友人聚会饮酒。你知道吗？听到寒夜里乌鸦纷乱的啼声后，使我归家的兴致啊，更是浓烈如酒。

陈克｜菩萨蛮

与大家晤面 陈克

(公元1081年—约公元1137年)

字子高，号赤城居士，临海(今属浙江)人。绍兴中为敕令删定官。词格艳丽，与温庭筠、韦庄相近。

绿芜墙绕青苔院，中庭日淡芭蕉卷。蝴蝶上阶飞，风帘自在垂。

玉钩双语燕，宝甃杨花转。几处簸钱声，绿窗春梦轻。

特别注释

①绿芜：绿茸茸的青草。

②日淡：指日色柔和。

③甃：井壁。

④簸钱：古代的一种游戏，掷钱为戏，以赌输赢。

文意解读

围墙上绿茸茸的青草丛生，环绕着长满青苔的庭院，庭院中日色柔和，芭蕉的叶子都卷曲了。蝴蝶在台阶上飞来飞去，帷帘随风飘垂。

白玉的帘钩上一双燕子低语呢喃，墙垣的四周杨花柳絮飘旋飞转。从远处传出簸钱为戏的嬉闹声，绿帘里正做着淡淡的春梦。

陈克 谒金门

愁脉脉，目断江南江北。烟树重重芳信隔，小楼山几尺。

细草孤云斜日，一向弄晴天色。帘外落花飞不得，东风无气力。

特别注释

①脉脉：含情不语的样子。

②目断：犹望断、望尽。

③芳信：指书信。

④一向：一霎时。向，通“晌”、“饷”。

⑤弄晴：欲晴又似不定。

文意解读

自己心中郁积着脉脉的愁绪，登高望远，但无法望尽江南江北，胸中的愁绪反而越来越浓了。重重烟树隔断了书信往来，站在小楼之上非常凄迷无助。

绵绵无际的小草，更增添了离人心酸的处境。太阳即将落山，这一时刻往往是鸟兽归巢而离人伤怀的时候。即使天气片刻转晴，也不能使人脱离忧郁。落花本是伤情物，更何况是阴雨浮浮，东风无力，落花连飞舞一下也是不可能的。

陈克 — 菩萨蛮

赤栏桥尽香街直，笼街细柳娇无力。金碧上晴空，花晴帘影红。

黄衫飞白马，日日青楼下。醉眼不逢人，午香吹暗尘。

特别注释

①赤栏桥：装有赤色栏杆的桥，在今安徽合肥城南。

②笼街：指柳街。笼，笼罩。

③金碧：形容柳枝的颜色。

④晴空：一作“青空”。

⑤黄衫：指贵族子弟。

⑥青楼：妓女所住之处。

文意解读

装有赤色栏杆的桥同芳香的街市笔直连接，浓密的柳阴笼罩着柳街，娇娆的柳枝被风吹起，似乎要荡到空中。花影映在帘子上呈现出一片红光。

贵族子弟骑着飞奔的白马，终日流连妓院。醉眼朦胧，横冲直撞旁若无人；正午风吹花香，散入马蹄扬起的暗尘中。

周紫芝 踏莎行

情似游丝，人如飞絮，泪珠阁定空相觑。一溪烟柳万丝垂，无因系得兰舟住。

雁过斜阳，草迷烟渚，如今已是愁无数。明朝且做莫思量，如何过得今宵去！

与大家晤面 周紫芝

（公元1082年—?）

字少隐，号竹坡居士。宣城（今安徽宣州）人。退居庐山，以诗著称。著有《太仓米集》及《竹坡诗话》。

文意解读

离情就像随风飘拂的柳枝，离人就像风中飘飞不定的柳絮，两双满含泪珠的眼睛，一动不动地彼此凝望。小溪边的柳树都低垂下万条柳枝，但也无法将那木兰舟留住。

夕阳下大雁飞过，蒙蒙的烟气笼罩着沙洲草色苍茫，现在就已是离愁无限。姑且不去想明天会是怎样，可今夜又该如何度过！

特别注释

①游丝：细长飘拂的柳枝。
②飞絮：柳絮。
③阁定：静止不动。
④觑：看。
⑤无因：无法。
⑥渚：水中的小块陆地。
⑦且做：姑且。

李清照｜醉花阴

　　薄雾浓云愁永昼，瑞脑消金兽。
佳节又重阳，玉枕纱厨，半夜凉初透。
　　东篱把酒黄昏后，有暗香盈袖。
莫道不消魂，帘卷西风，人比黄花瘦。

特别注释

①瑞脑：一名龙脑，又名冰片。

②金兽：刻有兽形的铜香炉。

③重阳：农历九月初九。

④东篱：化用晋朝陶渊明《饮酒》诗："采菊东篱下，悠然见南山。"

⑤暗香：指菊花淡雅的香气。

⑥消魂：形容极度感伤。

⑦西风：这里指秋风。

⑧黄花：菊花。

文意解读

阴云笼罩，轻雾弥漫，而室内的瑞脑香烟袅袅上升，犹如白昼一样悠长，忧愁压抑着我的心头，终日里阴阴沉沉，我的心情愁苦烦闷。刻有兽形的铜炉里，香料已渐渐燃尽。又是一年一度的重阳佳节，到了夜半时分，纱厨之内，玉枕之上，渐渐地透进了凉意。

黄昏后独自一个人在东篱下自斟自饮，淡雅的菊花香气充满衣襟。不要说此情此景不令人凄然伤神，当秋风吹卷门帘的时候，突然发现屋里的人比外面的菊花更加消瘦。

与大家晤面 李清照

(公元年1084—约公元1151年)

号易安居士，济州章丘（今属山东）人。李格非之女，赵明诚之妻。其词以南渡为界分前后两期，词风婉约，偶有豪放之作。

李清照——凤凰台上忆吹箫

香冷金猊，被翻红浪，起来慵自梳头。任宝奁尘满，日上帘钩。生怕离怀别苦，多少事、欲说还休。新来瘦，非干病酒，不是悲秋。

休休！这回去也，千万遍阳关，也则难留。念武陵人远，烟锁秦楼。惟有楼前流水，应念我、终日凝眸。凝眸处，从今又添，一段新愁。

特别注释

①金猊：狮形铜香炉。

②红浪：红色的被子乱摊在床上，有如波浪。

③宝奁：贵重的梳妆镜匣。

④阳关：语出唐朝王维《阳关三叠》，是唐宋时的送别曲。

⑤武陵：地名。这里借指丈夫所去的地方。

↑金猊，好烟火又好坐，故多被描绘成佛的坐骑或是雕在香炉上任其享用香火。

文意解读

铜香炉已经凉透，红色的锦被胡乱地堆在床上，早起后我懒得梳头。任凭梳妆匣落满灰尘，太阳照上帘钩。我害怕想起离别的痛苦，有许多话要向丈夫倾诉，可是欲言又止。最近瘦了，不是因为喝多了酒，也不是受到秋天景色的触动而产生的伤感。

算了！算了！既然这次丈夫一定要走，就算唱上一万遍《阳关三叠》，也无法把他留住。丈夫要去的地方很远，剩下我独守空楼。只有那楼前的流水，知道我整日注视。只是就在我注视的地方，从今以后，又添了一段新愁。

李清照｜声声慢

寻寻觅觅，冷冷清清，凄凄惨惨戚戚。乍暖还寒时候，最难将息。三杯两盏淡酒，怎敌他、晚来风急。雁过也，正伤心，却是旧时相识。

满地黄花堆积，憔悴损、如今有谁堪摘。守着窗儿，独自怎生得黑？梧桐更兼细雨，到黄昏、点点滴滴。这次第，怎一个愁字了得。

特别注释

①凄凄：悲伤的样子。

②戚戚：忧虑的样子。

③乍暖还寒：忽冷忽热。乍，初、刚。

④怎生：怎样。生，语气助词，没有实在意义。

⑤次第：光景、情景。

文意解读

我四处寻觅啊，可到处都冷冷清清，这使我原本悲戚的心儿更加忧伤。忽冷忽热的气候，最难保养身体。虽然喝了几杯淡酒，但也无法抵挡傍晚时清冷的风。正在伤心的时候，一群大雁向南飞去，却好像是旧日的相识。

地上凋落的菊花寂寞地堆积着，多么憔悴啊，如今还有谁忍心去摘呢？独自一人坐在窗边，怎样才能挨到入夜？在这令人伤怀的黄昏时分，梧桐叶纷纷飘落，再加上又下起了绵绵细雨。此情此景，一个愁字怎能概括得了啊！

李清照 | 永遇乐

落日熔金，暮云合璧，人在何处？染柳烟浓，吹梅笛怨，春意知几许？元宵佳节，融和天气，次第岂无风雨。来相召、香车宝马，谢他酒朋诗侣。

中州盛日，闺门多暇，记得偏重三五。铺翠冠儿，捻金雪柳，簇带争济楚。如今憔悴，风鬟雾鬓，怕见夜间出去。不如向帘儿底下，听人笑语。

特别注释

①落日熔金：落日的颜色好像熔化的金属。
②暮云合璧：暮云汇合，像璧玉一样合成一块。
③吹梅笛怨：指笛子吹出幽怨的《梅花落》。
④中州：今河南省，这里指北宋都城汴京。
⑤三五：古人常称阴历十五为“三五”，这里指元宵节。
⑥铺翠冠儿：上面装饰着翠羽的女式帽子。
⑦捻金雪柳：元宵节女子头上的装饰。

文意解读

落日的颜色好像熔化的金属，暮云汇合，像璧玉一样合成一块，我身在何处？新生的柳叶如绿烟点染，《梅花落》的笛曲声声幽怨，春天的气息怎么样了？元宵佳节，天气暖洋洋的，又怎能知道转眼不会有风雨出现？那些酒朋诗友驾着华丽的车马前来邀请，我只是婉言谢绝。

当初在京都，闺中有许多闲暇，但我最看重元宵节。帽子上装饰着翠羽，头上还带着许多饰品，个个打扮得非常美丽。如今容颜憔悴，头发凌乱，更怕在夜间出去。不如去帘子底下，听一听别人的欢声笑语。

陈与义——临江仙

与大家晤面 陈与义

（公元1090年—公元1139年）

字去非，号简斋，洛阳（今属河南）人。诗词均有感喟国事之作。

高咏楚词酬午日，天涯节序匆匆。榴花不似舞裙红，无人知此意，歌罢满帘风。

万事一身伤老矣，戎葵凝笑墙东。酒杯深浅去年同，试浇桥下水，今夕到湘中。

特别注释

①楚词：即楚辞，由楚国诗人屈原等创造的一种诗歌形式。

②午日：即端午节，农历五月初五。

③节序：节令。

④歌罢：指高咏《楚辞》已完。

⑤戎葵：蜀葵，花似木槿。

⑥试浇桥下水：把酒倒在江中，表示对屈原的悼念。

文意解读

我在端午节这天高声吟诵《楚辞》，感叹自己只是一个漂泊异乡的匆匆过客。石榴花不及舞裙红得可爱，我此时的心情也没人能理解。吟诵完《楚辞》后，只有微微清风阵阵在身旁吹过。

万事皆休，只有一身旧病，墙东的蜀葵仿佛也在嘲笑我。杯中的酒和去年的差不多，我把它倒在江中，让它随着江水流到湘江去吧。

陈与义——临江仙

忆昔午桥桥上饮，坐中多是豪英。长沟流月去无声。杏花疏影里，吹笛到天明。

二十余年如一梦，此身虽在堪惊。闲登小阁看新晴。古今多少事，渔唱起三更。

特别注释

①午桥：桥名，在洛阳县南十里外。

②长沟：指时间如流水般逝去。

③小阁：作者在杭州的住所。

④渔唱：打渔人的歌。这里指作者叹惜前朝兴废的历史。

⑤三更：午夜。更，古代夜间的计时单位，一夜分为五更，每更约两小时。

文意解读

回忆从前，曾在午桥桥上豪饮，在座的大多是杰出的英雄。时间如流水般悄无声息地逝去，在杏花稀疏的影子里，我们通宵吹笛玩乐。

二十多年恍如一场梦，我现在虽然还活在世上，但想起当年那动乱的场面心里便后怕。如今我闲来无事登上小楼，看那雨后新出的美景，感叹古今多少兴衰往事，只能交与那些夜半即起的渔翁去说唱了。

张元幹 石州慢

寒水依痕，春意渐回，沙际烟阔。溪梅晴照生香，冷蕊数枝争发。天涯旧恨，试看几许消魂？长亭门外山重叠。不尽眼中青，是愁来时节。

情切，画楼深闭，想见东风，暗消肌雪。孤负枕前云雨，尊前花月。心期切处，更有多少凄凉，殷勤留与归时说。到得再相逢，恰经年离别。

与大家晤面 张元幹

(公元1091年—约公元1170年)

字仲宗，自号芦川居士、真隐山人，福州（今属福建）人。早年词风婉媚，南渡后，多写时事，感怀国事，词风豪放，为辛派词人之先驱。

文意解读

寒水渐渐消退，春意渐又复苏，沙洲烟雾弥漫。天气晴朗，溪边的新梅散发阵阵香气，一枝枝梅花竞相开放。独自漂泊天涯，心中充满无限怨恨，谁知道我有多么伤心难过？长亭门外，群山重叠。眼前是望不到头的青青远山，现在正是令人忧愁的时节。

情思切切呀，只有紧闭画楼的房门，因为想念春风，身形已悄悄瘦损。我辜负了你的深情，让你独守闺中，浪费大好青春。我归心似箭，恨不得立刻就来到你面前，述说别后的无限凄凉。到我们再次相逢的时候，恰好分离了一年。

特别注释

①寒水依痕：化用唐朝杜甫《冬深》诗："早露随类影，寒水各依痕。"

②消魂：极度伤心。

③肌雪：指人的皮肤洁白如雪。

④孤负：同"辜负"。

⑤云雨：指男女相爱。

⑥经年：周年。

岳飞｜满江红

与大家晤面 岳飞

（公元1103年—公元1142年）

字鹏举，相州汤阴（今属河南）人。抗金名将，以不附和议，被秦桧害死。孝宗时复官，谥武穆。宁宗时追封鄂王，理宗时改谥忠武。

怒发冲冠，凭阑处、潇潇雨歇。抬望眼，仰天长啸，壮怀激烈。三十功名尘与土，八千里路云和月。莫等闲、白了少年头，空悲切。

靖康耻，犹未雪。臣子恨，何时灭。驾长车、踏破贺兰山缺。壮志饥餐胡虏肉，笑谈渴饮匈奴血。待从头、收拾旧山河，朝天阙。

特别注释

①怒发冲冠：头发竖直，顶起帽子。形容盛怒。

②潇潇：形容风急雨骤。

③长啸：感情激动时撮口发出清而长的声音，是古人的一种抒情之举。

④等闲：轻易，随便。

⑤靖康耻：宋钦宗靖康二年（公元1127年），金兵攻陷汴京，虏走徽、钦二帝。

⑥贺兰山：在今宁夏。

⑦天阙：宫殿前的楼观。

文意解读

我怒气冲天，独自登高凭栏，疾风骤雨刚刚停歇。我抬头远望，禁不住仰天长啸，以抒发满腔报国之情。三十多年的功名如同尘土，八千里路途经过多少风云。不要空将青春消磨，等到年老时徒自悲伤。

靖康年间的奇耻大辱，至今还没有洗刷掉。作为国家的臣子，我满怀悲愤，这愤恨啊，什么时候才能泯灭！我要驾上战车，踏破贺兰山缺。我满怀壮志，发誓要吃敌人的肉、喝敌人的血。等我重新收复旧日的山河，再带着捷报回朝廷报喜。

↓一代名将岳飞

韩元吉 好事近 汴京赐宴闻教坊乐有感

与大家晤面 韩元吉

（公元1118年—公元1187年）

字无咎，号南涧，开封雍丘人。曾与张元幹、张孝祥、范成大、陆游、辛弃疾等以词唱和。

凝碧旧池头，一听管弦凄切。多少梨园声在，总不堪华发。

杏花无处避春愁，也傍野烟发。惟有御沟声断，似知人呜咽。

特别注释

①好事近：词牌名，又名依秋千、钓船笛、翠圆枝。双调45字。

②教坊：皇家的音乐舞蹈机构。

③凝碧池：洛阳为唐朝东都。御花园有芳树、金谷二亭与凝碧池。

④梨园：唐玄宗于梨园教练大批乐工、宫女乐曲，称之为“皇帝梨园子弟”，后世因称剧场为“梨园”。

⑤御沟：皇城外的护城河。

文意解读

想起往日御花园中的池苑，听到过去宫中熟悉的乐音，我总感到无限凄凉。里面有多少当年梨园的曲调，一声声，直令我这白发老人难掩忧愁。

乱世之间，杏花也无处可逃，只有独自依傍着荒野默默开放，没有人欣赏和怜惜。只有皇城外的护城河中的水声，知道人心中的忧伤。

李重元｜忆王孙 春词

萋萋芳草忆王孙，柳外楼高空断魂，杜宇声声不忍闻。欲黄昏，雨打梨花深闭门。

文意解读

草木茂盛，仿佛也忆念着在外的朋友。我登上高楼，向远处眺望，黯自伤怀。杜鹃的叫声悲悲切切，叫人不忍再听闻。天色已是将近黄昏十分，无情的风雨把梨花吹落满地，我只好紧紧地关上院门。

与大家晤面 李重元

(生卒年不详)

北宋间人，《全宋词》收其《忆王孙》词四首，分别咏春、夏、秋、冬四季。

特别注释

①忆王孙：词牌名。

②萋萋：草木茂盛的样子。

③王孙：旧诗词中对男子的称呼。

④杜宇：即杜鹃。

陆游｜卜算子 咏梅

驿外断桥边，寂寞开无主。已是黄昏独自愁，更著风和雨。

无意苦争春，一任群芳妒。零落成泥碾作尘，只有香如故。

文意解读

梅花在驿站外的断桥边寂寞地开放，无人欣赏。时间已经是黄昏的时候，它独自品尝孤寂的愁苦，又遭到狂风急雨的侵袭。

它在悬崖百丈冰的严冬傲然开放，是为人间报告春的到来，而并非有意苦苦地争夺春光，听凭着群芳心生嫉妒。梅花遭风雨袭击后，即使飘零凋落，化为泥土，又被车马碾作尘埃，但清香淡雅、与世无争的高尚品质，依然如故。

与大家晤面 陆游

(公元1125年—公元1210年)

字务观，号放翁，越州山阴（今浙江绍兴）人。主张抗战，曾投身军旅生活。一生创作诗歌，今存9000多首，内容极为丰富。

特别注释

①驿：古代官办的交通站。

②开无主：指野梅。借喻自己政治上无所依附。

③更著：又加上。

④一任：任凭，不在乎。

⑤群芳：普通的花卉，此处喻指政界中的群小。

⑥碾：轧碎。

范成大 眼儿媚

萍乡道中乍晴，卧舆中，困甚，小憩柳塘。

酣酣日脚紫烟浮，妍暖破轻裘。
困人天色，醉人花气，午梦扶头。
春慵恰似春塘水，一片縠纹愁。
溶溶泄泄，东风无力，欲皱还休。

与大家晤面 范成大

(公元1126年—公元1193年)

字致能，号石湖居士，苏州吴县（今属江苏）人。诗多关心时政民生之作，词风清逸淡远。

特别注释

①萍乡：县名，今属江西省。

②舆：肩舆，用人力抬的代步工具，犹后来的轿子。

③酣酣：形容浓烈的样子。

④日脚：透过云层照射下的日光。

⑤妍暖：风和日丽。

⑥破轻裘：敞开皮衣。

⑦扶头："扶头酒"的简称，指易醉之酒。这里比喻花气浓香。

⑧縠纹：像皱纱似的波纹。縠，有皱纹的纱布。

⑨溶溶泄泄：缓缓流动的样子。

文意解读

在去萍乡的路上天突然晴了，我躺在肩舆里，困极了，就在柳塘边小睡了一会儿。

暖洋洋的日光透过飘浮的紫云照射下来，风和日丽，敞开了皮衣。天气使人困倦，花香令人陶醉，午睡时梦见扶头酒。

春日的慵懒恰似池塘里的春水，水面上的波纹就像泛起的春愁。水波缓缓流动，东风轻拂，水面像要皱起微波又将微波抹去。

程垓　水龙吟

与大家晤面　程垓

（生卒年不详）

字正伯，眉山（今属四川）人。诗文俱佳，词风凄婉锦丽。

夜来风雨匆匆，故园定是花无几。愁多愁极，等闲孤负，一年芳意。柳困花慵，杏青梅小，对人容易。算好春长在，好花长见，元只是、人憔悴。

回首池南旧事，恨星星、不堪重记。如今但有，看花老眼，伤时清泪。不怕逢花瘦，只愁怕、老来风味。待繁红乱处，留云借月，也须拚醉。

特别注释

①等闲：随便，随意。
②慵：懒惰。
③容易：指时光匆匆。
④池南：池阳之南，指蜀地。
⑤星星：比喻白发。
⑥拚：舍弃，不顾一切。

文意解读

昨夜风急雨骤，故乡园中的花朵一定落得差不多了。我满腹忧愁，无心体会这大好春光。困倦的柳树、慵懒的桃花，青青的杏子，小小的梅子，春光就这样飞逝而去。就算春天长在，鲜花也长开不败，但人已是日渐憔悴了。

回想蜀地的旧事，可惜鬓发斑白，不堪回首往事。现如今只有一双赏花的老眼，常常流下伤感岁月流逝的泪水。我并不怕花儿凋谢，只担心自己衰老。趁着这美好的时光，我要挽留白云和清风，让它们陪我大醉一场。

刘过 唐多令

安远楼小集，侑觞歌板之姬黄其姓者，乞词于龙洲道人，为赋此。同柳阜之、刘去非、石民瞻、周嘉仲、陈孟参、孟容，时八月五日也。

芦叶满汀洲，寒沙带浅流。二十年重过南楼。柳下系船犹未稳，能几日，又中秋。

黄鹤断矶头，故人曾到否？旧江山浑是新愁。欲买桂花同载酒，终不似，少年游。

与大家晤面 刘过

（公元1154年—公元1206年）

字改之，号龙洲道人，吉州太和（今江西泰和）人。与陆游、辛弃疾、陈亮等交往，词风豪放激越。

文意解读

我和朋友们在安远楼聚会，筵席上，一位姓黄的歌女请我作一首词，我便当场创作此篇。当时参加聚会的有柳阜之、刘去非、石民瞻、周嘉仲、陈孟参、孟容，时间是八月五日。

水中的平地上落满芦苇的枯叶，浅浅的寒水在沙滩上流淌。20年后，我又路过这南楼旧地。柳树下的小舟还没有系稳，我就迫不及待来到故地，因为再过几天就是中秋节了。

黄鹤矶头早已残破不堪，不知我的老朋友来过没有？眼前是苍凉的旧日山水，使人平添无尽新愁。想要买来桂花，带着美酒一同泛舟游览，但终究没有了少年时的豪迈意气。

特别注释

①安远楼：又名南楼，在武昌。

②小集：小宴。

③侑觞：劝酒。

④歌板：执板而歌。

⑤龙洲道人：作者的号。

⑥黄鹤断矶：黄鹤矶，在湖北武汉蛇山，上有黄鹤楼。

⑦浑是：全是。

姜夔 点绛唇 丁未冬过吴淞作

与大家晤面 姜夔

（约公元1155年—公元1209年）

字尧章，号白石道人，饶州鄱阳（今江西波阳）人。常与当时诗人词客交游，工诗，尤以词称。精通音律，词集中多自度曲，并存有工尺旁谱十七首。

燕雁无心，太湖西畔随云去。数峰清苦，商略黄昏雨。

第四桥边，拟共天随住。今何许？凭阑怀古，残柳参差舞。

特别注释

①燕雁：指从北方飞来的鸿雁。
②太湖：江苏境内的大湖泊。
③商略：商讨，这里是酝酿之意。
④第四桥：即吴松城外的甘泉桥。
⑤天随：唐代陆龟蒙，自号天随子。
⑥何许：何处，何时。

文意解读

从北方飞来的鸿雁，都是那么无心无愁，在太湖的西畔飞翔，从云间向天边飞去。湖边的一座座山峰冷清孤独地矗立在那里，仿佛在商讨黄昏时能不能下雨。

我真想和陆龟蒙一同隐居在甘泉桥边，自由自在，不随人俯仰。问现在是哪一年？我扶着栏杆向远方极目眺望，想起许多久远的往事，心中更是起伏难平，只见残柳在西风中飘拂，已成了一道永恒的风景。

鹧鸪天 元夕有所梦

姜夔

肥水东流无尽期，当初不合种相思。梦中未比丹青见，暗里忽惊山鸟啼。

春未绿，鬓先丝。人间别久不成悲。谁教岁岁红莲夜，两处沉吟各自知。

文意解读

肥水绵绵不绝向东徜徉流去，早知今日会分离啊，当初就不该动了相思情意。梦里的相见终比不上画像清晰，而这样的春梦也常常被山鸟清脆的啼声惊起。

春草还没变绿，我的鬓发早已斑白，我们离别得太久，悲伤已经渐渐淡去。每年元宵放灯的时候，你我总是相隔两地，相思的心情只有我们独自体味。

特别注释

①元夕：农历正月十五元宵节。

②肥水：源出安徽合肥紫蓬山，分东、西两支，这里指向东流经合肥入巢湖的一支。

③不合：不该。

④种相思：留下相思之情，指动情又分别。

⑤丹青：绘画用的两种颜色，通常用于泛指图画。这里指所恋之人的画像。

⑥红莲夜：元宵灯节。红莲，指花灯，宋时欧阳修《元夕词》中有“纤手染香罗，剪红莲满城开遍”的词句。

姜夔｜踏莎行

自沔东来，丁未元日至金陵江上，感梦而作。

燕燕轻盈，莺莺娇软，分明又向华胥见。夜长争得薄情知？春初早被相思染。

别后书辞，别时针线，离魂暗逐郎行远。淮南皓月冷千山，冥冥归去无人管。

特别注释

①沔：今湖北汉阳。

②丁未：宋孝宗淳熙十四年（公元1187年）。

③元旦：农历正月初一，即元旦。

④华胥：梦境的代称。

⑤薄情：指爱恋的一方。

⑥离魂：指倩女离魂故事。

⑦冥冥：指暗中。

文意解读

我从沔东来，丁未年（公元1187年）正月初一到了金陵江上，梦后作了这首词。

在梦中，我又一次与你真实地相见，你纤弱的体态、甜润的声音，以及你姣好的容貌我看得非常分明。你埋怨我是个薄情郎，不理解你在孤寂的长夜里不眠的相思情意，也不体会你在好春时节独守空房，被相思所扰的痛苦。

分别后，你给我寄的情书我依然保存着，甚至依旧穿着分别时你亲手为我缝制的衣衫。你的身影似乎在暗中四处跟随着我。淮南的明月，万水千山一片寂静，可你却一个人在远方孤苦伶仃，无人陪伴。

姜夔 | 扬州慢

淳熙丙申至日，予过维扬，夜雪初霁，荠麦弥望。入其城，则四顾萧条，寒水自碧。暮色渐起，戍角悲吟。予怀怆然，感慨今昔，因自度此曲，千岩老人以为有黍离之悲也。

淮左名都，竹西佳处，解鞍少驻初程。过春风十里，尽荠麦青青。自胡马窥江去后，废池乔木，犹厌言兵。渐黄昏、清角吹寒，都在空城。

杜郎俊赏，算而今、重到须惊。纵豆蔻词工，青楼梦好，难赋深情。二十四桥仍在，波心荡，冷月无声。念桥边红药，年年知为谁生？

特别注释

①淳熙丙申至日：淳熙三年（公元1176年）冬至。维扬：今江苏扬州。千岩老人：南宋诗人萧德藻，自号千岩老人。姜夔曾跟他学诗，也是他的侄女婿。《黍离》：《诗经·王风》篇名，后世表示亡国之痛。

②淮左：淮东。扬州是宋代淮南东路的首府，故称“淮左名都”。

③竹西佳处：这里指扬州。

④春风十里：化用唐朝杜牧《赠别》诗：“春风十里扬州路，卷上珠帘总不如。”这里用以借指扬州。

⑤杜郎：指唐代诗人杜牧。

⑥豆蔻词工：化用唐朝诗人杜牧《赠别》诗：“娉娉袅袅十三余，豆蔻梢头二月初。”豆蔻，诗人常用于比喻处女。

⑦青楼梦好：化用唐朝诗人杜牧《遣怀》诗：“十年一觉扬州梦，赢得青楼薄幸名。”青楼，妓院。

⑧二十四桥：化用唐朝诗人杜牧《寄扬州韩绰判官》诗：“二十四桥明月夜，玉人何处教吹箫。”

⑨红药：芍药。

文意解读

淳熙三年（公元1176年）冬至日，我路过扬州，夜雪初停，荠菜和荞麦长得无边无际。进城之后，到处一片萧条，寒水绿绿的。天渐渐黑了，军中的号角声响起。我的心绪悲伤，生出无限感慨，因此自创这首词曲，千岩老人认为有亡国之痛。

扬州是淮东的大都市，这里有风景秀丽的竹西亭，我初次到这里曾稍作停留。昔日扬州的繁华景象早已不见，只剩下青青的荠菜和无边的荞麦。自从金兵南侵退去后，就连这废弃的城池和残存的古树，都厌倦了战争。到了黄昏，凄清的号角吹响，这里仿佛是一座空城。

曾在这里流连玩赏的杜牧，如果今日重游旧地，也会惊讶它的变化。即使他的诗写得再美，青楼梦再好，恐怕也难以表达此刻的心情。二十四桥还在，水中荡漾着清冷的月光，无声无息。可叹那桥边的芍药，年年为谁而开？

姜夔 | 淡黄柳

客居合肥南城赤阑桥之西，巷陌凄凉，与江左异。惟柳色夹道，依依可怜。因度此阙，以纾客怀。

空城晓角，吹入垂杨陌。马上单衣寒恻恻。看尽鹅黄嫩绿，都是江南旧相识。

正岑寂，明朝又寒食。强携酒、小桥宅。怕梨花落尽成秋色。燕燕飞来，问春何在？惟有池塘自碧。

特别注释

①赤阑桥：装有红色阑干的桥。江左：泛指江南。可怜：可爱。纾：解除，排遣。

②晓角：早晨的号角声。

③鹅黄：比喻娇嫩淡黄之物。这里形容柳芽初绽，叶色嫩黄。

④岑寂：寂静。

文意解读

我居住在合肥城南赤阑桥的西边，那里荒凉少人，与江南不同。只有柳树在大街两旁任风儿轻拂，惹人怜惜。因此创作这首词，以排遣客居在外的情怀。

拂晓的号角在空城里响起，那声音被风吹到垂柳依依的街头巷口。我骑在马上，身上只穿了一件单衣，感到寒气袭人。道路两旁垂柳的嫩枝，就好像和江南见过的一样。

正是孤单寂寞的时候，偏偏明天又是寒食节。我勉强带上一壶酒，来到小桥附近恋人的住处。深怕梨花落尽而空留一片秋色。燕子飞来，问春天在哪里？只有池中无语的绿波知道。

姜夔｜杏花天影

丙午之冬，发沔口。丁未正月二日，道金陵，北望淮楚，风日清淑，小舟挂席，容与波上。

绿丝低拂鸳鸯浦，想桃叶、当时唤渡。又将愁眼与春风，待去，倚兰桡，更少驻。

金陵路，莺吟燕舞。算潮水、知人最苦。满汀芳草不成归，日暮，更移舟，向甚处？

特别注释

①沔口：汉水入长江处谓之沔口，即今湖北汉口。

②容与：迟缓不前的样子。

③绿丝：指绿枝。

④桃叶：晋朝王献之的爱妾名。这里指所爱女子。

⑤兰桡：船桨的美称。

⑥莺吟：黄莺啼叫。

文意解读

丙午年的冬天，我从沔口出发。丁未年正月初二，途经金陵的时候，向北望是淮、楚之地，此地风光清丽怡人。我的小船张起风帆，缓缓地在江上前行。

绿色的柳丝拂过鸳鸯浦，想当年，桃叶就在这里送别王献之。如今我只能用含愁的双眼独赏这些美丽的春光。当来往的船只渐渐远去，只剩下我一个人留在此地，独自倚着船桨久久不肯离开。

金陵自古以来就是繁华的地方，处处都是莺歌燕舞游玩的好去处。只有这沉默的江水，最理解我心中的幽怨。整个汀洲都是芳草，如今已是日暮，不知今天又要行船到哪里？

卢祖皋｜江城子

与大家晤面　卢祖皋

（生卒年不详）

字申之，又字次夔，号蒲江，永嘉（今浙江温州）人。善于融化诗句，风格与周邦彦、姜夔相近，是格律派的一位重要作家。

画楼帘幕卷新晴。掩银屏，晓寒轻。坠粉飘香，日日唤愁生。暗数十年湖上路，能几度，著娉婷。

年华空自感飘零。拥春酲，对谁醒？天阔云闲，无处觅箫声。载酒买花年少事，浑不似，旧心情。

特别注释

①娉婷：姿态美好的样子。这里指美人。

②酲：酒醉后的病态。

文意解读

在画楼上，卷起低垂的帘幕，露出一片晴空。早晨有些寒意，我掩紧银色的屏风。飘落的花瓣散发出淡淡的清香，每每唤起人的忧愁。独自想想这十年间漂泊不定的生活，能有几次遇到令人倾心的美丽姑娘。

我感到韶华易逝、容颜易老。整日在春酒中流连，对着谁能清醒呢？天空广阔、白云悠悠，再也寻不到那悠扬的箫声。即使也跟年轻时一样携酒买花，但已经完全没有了当时的那种心情。

刘克庄｜木兰花 戏林推

年年跃马长安市，客舍似家家似寄。青钱换酒日无何，红烛呼卢宵不寐。

易挑锦妇机中字，难得玉人心下事。男儿西北有神州，莫滴水西桥畔泪。

与大家晤面 刘克庄

（公元1187年—公元1269年）

字潜夫，号后村居士。莆田（今属福建）人。诗词多感慨时事之作，是南宋江湖诗人和辛派词人的重要作家。词风粗豪肆放，慷慨激越。

特别注释

①林推：别本题作“戏呈林节推乡兄”。林推，姓林的节度推官，是帅府的僚属。

②长安：这里是指南宋都城临安（杭州）。

③寄：客居，引申为旅社。

④青钱：指铜钱，古时钱币因成色不同，有青钱和黄钱两种。

⑤呼卢：指赌博。

⑥挑：挑出花纹，刺绣的一种方法。

⑦锦妇：织锦的妇女，这里指妻子。

⑧神州：指中原沦陷区。

⑨水西桥：这里泛指青楼女子居住的地方。

文意解读

年年骑着骏马在都城里奔跑，竟然把旅社当成了家，家反倒像是旅社。每天都拿着铜钱恣意买酒狂饮，晚上点起红烛赌博，经常是整夜不睡。

妻子的真情容易得到，青楼女子的心思却难以捉摸。西北的沦陷区还没有收复，男子汉应该有收复故土的豪情壮志，千万不要为了红粉知己而轻易地流下男儿泪。

严仁｜木兰花

与大家晤面 严仁

(生卒年不详)

字次山，号樵溪，邵武（今属福建）人，与严羽、严参并称“邵武三严”。有《清江乃集》，不传。词存《花阁词选》中。

春风只在园西畔，荠菜花繁蝴蝶乱。冰池晴绿照还空，香径落红吹已断。

意长翻恨游丝短，尽日相思罗带缓。宝奁如月不欺人，明日归来君试看。

□ 特别注释

①冰池晴绿：指池水碧绿。

②罗带缓：因体瘦而衣带松。

③宝奁：镜匣，这里指镜子。

□ 文意解读

春光只在园子的西边，荠菜花开得正好，蝴蝶也飞来飞去忙乱着。清澈的池水映照着天空，香径上的落花被风吹得老远。

我的相思太深，埋怨摇曳的游丝太短，整日被相思煎熬，导致体瘦而衣带松缓。镜子啊，像明月一样不会骗人，等明日你回来的时候看一看我憔悴的容颜，便知我的相思之情有多深。

潘牥｜南乡子 题南剑州妓馆

与大家晤面 潘牥

(公元1205年—公元1246年)

字庭坚，号紫岩，实名公筠，福州富沙（今属福建）人。

生怕倚阑干，阁下溪声阁外山。惟有旧时山共水，依然，暮雨朝云去不还。

应是蹑飞鸾，月下时时整佩环。月又渐低霜又下，更阑，折得梅花独自看。

□ 特别注释

①南剑州：今福建南平。

②阑干：栏杆。

③山共水：指山和水。

④蹑飞鸾：追随飞鸾而去。

⑤佩环：古代妇女的装饰。

⑥更阑：指天快亮了。

□ 文意解读

我生平最怕的是独自倚在栏杆旁边，楼阁下是潺潺的溪水，楼阁外碧绿的青山连绵不绝。那旧日的青山绿水依然如故，而旧时的恋情，就像暮雨朝云一样一去不返。

她应该化做仙女追随飞鸾而去，在清朗的明月下不时地整理着衣衫及佩戴着的玉环。露冷霜降，月儿渐渐西沉，夜已很深了，我折下一枝梅花，独自一个人仔细地欣赏它清秀的容姿。

浣溪沙

吴文英

波面铜花冷不收，玉人垂钓理纤钩，月明池阁夜来秋。
江燕话归成晓别，水花红减似春休，西风梧井叶先愁。

与大家晤面 吴文英

（约公元1212年—约公元1272年）

字君特，号梦窗、觉翁，四明（今浙江鄞县）人。他的词或表现上层社会的豪华生活，或抒写颓唐感伤的情绪。讲究字句工丽，音律和谐，晚清词人曾给予他较高的评价。

文意解读

水面清澈如镜，虽然天气寒冷也无人来收；美人呆坐水边，好像是在垂钓整理倒映在水中的弯月；明月映照着池阁，夜里的凉意让人感知秋天已经来临。

江燕双双南飞，我和恋人在拂晓时依依话别；江面上许多莲花已经凋谢，好像春天已经结束；秋风瑟瑟，吹拂着天井边的梧桐树，连叶子仿佛都在发愁。

特别注释

①波面铜花：形容水面清澈如镜。古代铜镜上刻有花纹，故称铜花。

②玉人：美人。

③纤钩：纤细的钓钩，此处喻指弯月似钩。

④春休：春天结束。

⑤井：天井，古代指房屋与围墙所围成的露天庭院，形状若井，古称天井，或泛称为井。

吴文英 | 点绛唇 试灯夜初晴

卷尽愁云，素娥临夜新梳洗。暗尘不起，酥润凌波地。
辇路重来，仿佛灯前事。情如水，小楼熏被，春梦笙歌里。

特别注释

①试灯：古代元宵节为灯节，唐宋时最盛，通宵达旦。正式灯节一般为三日，即十四、十五、十六。试灯，即预演之义。

②素娥：嫦娥，指月亮。

③暗尘：指灰尘。

④酥润：形容小雨停后，路面酥软润泽而不起尘土。

⑤辇路：帝王的车经行之路。

文意解读

雨后月白风清，漫天的愁云被风吹散，明月露出姣好的容颜，就像嫦娥刚刚沐浴梳洗完一般，正以妩媚新艳的姿容俯视人间佳节。尽管街上人来人往，却没有扬起半点尘埃，因为雨后的路面酥软润泽不起尘土。

我如今重游京华旧地，以前赏灯的情事又涌上心头。她的柔情似水让我难忘，我的思绪如时光的行进不能停止。独自回到小楼里，薰香拥被独自睡去，进入温馨的春梦，梦里恍惚听到笙歌乐音。

吴文英 — 浣溪沙

门隔花深梦旧游，夕阳无语燕归愁。玉纤香动小帘钩。
落絮无声春堕泪，行云有影月含羞。东风临夜冷于秋。

特别注释

①门隔花深：那道门掩隔于花丛中。

②玉纤：形容美人的手指白而纤细。

③春堕泪：春雨。

④行云有影月含羞：形容情人姿色之美，语出宋玉《高唐赋》："旦为行云，暮为行雨。"

⑤冷于秋：指比秋天还冷。

文意解读

我的梦魂总是在梦中旧地重游，梦境中我又来到当年的庭院，深深的花丛把院门遮掩住了。斜阳悄无声息地向西边沉下去，归来的燕子也沉默无语，仿佛带着万般忧愁。一股幽香浮动，她那双带有香味的白皙而纤细的手指，轻轻地拉开了小小的幕帘。

柳絮无声地坠落，那是苍天为人世间的生离死别而滴下的热泪啊。月光被浮云遮住了，那是因为含羞而挡住了泪眼，料峭的春风吹拂脸面，凄凉冷清更是甚于秋天。

周密 卜算子 花犯 水仙花

与大家晤面 周密

（公元1232年—约公元1298年）

字公谨，号草窗、蘋洲、四水潜夫、弁阳老人等，原籍济南（今属山东），后居吴兴（今浙江湖州）。能诗词，善书画，词讲究格律。

特别注释

①楚江：泛指江南的江流。

②湄：岸边，水与草相接的地方。

③湘娥：湘水女神，即湘妃。这里喻指水仙花。

④汉宫仙掌：指汉武帝所建造的金铜仙人。

⑤冰丝：琴弦。

⑥国香：这里指水仙。

⑦相将：行将，将要。

⑧岁寒：指岁寒三友松、竹、梅。

⑨袂：衣袖，袖子。

楚江湄，湘娥再见，无言洒清泪，淡然春意。空独倚东风，芳思谁寄？凌波路冷秋无际。香云随步起，漫记得、汉宫仙掌，亭亭明月底。

冰丝写怨更多情，骚人恨，枉赋芳兰幽芷。春思远，谁叹赏国香风味？相将共、岁寒伴侣，小窗静，沉烟熏翠袂。幽梦觉、涓涓清露，一枝灯影里。

文意解读

湘江岸边，水仙花仿佛湘妃再世，默默无言，洒下滴滴清泪，透露出淡淡的春意。独自空倚春风，满怀心事向谁述说？踏着水波盈盈走来，一路上秋色凄冷，茫茫无边。香云随着她的步履升腾而起，我依稀记得，她正像捧着承露盘的金铜仙人，在明月下亭亭玉立。

琴声多情地抒发着心中的哀怨，就像屈原抒发牢骚怨恨一般，徒劳地歌颂芳香的兰草和幽静的白芷。水仙饱含春意，谁来欣赏叹惜这天香国色的风味？我要把水仙作为岁寒之友，小窗明净，熏香将她的袖子熏染。从梦境中醒来，只见一枝水仙沾着清露，独自伫立在灯影里。

张炎 | 高阳台 西湖春感

接叶巢莺，平波卷絮，断桥斜日归船。能几番游？看花又是明年。东风且伴蔷薇住，到蔷薇、春已堪怜。更凄然，万绿西泠，一抹荒烟。

当年燕子知何处？但苔深韦曲，草暗斜川。见说新愁，如今也到鸥边。无心再续笙歌梦，掩重门、浅醉闲眠。莫开帘，怕见飞花，怕听啼鹃。

与大家晤面 张炎

（公元1248年—公元1314年后）

字叔夏，号玉田、乐笑翁，临安（今浙江杭州）人。其词用字工巧，追求典雅。早年多反映优游生活，宋亡后则多追怀往昔、抒写哀怨之作，尤长于咏物。

特别注释

①接叶：树叶浓密，上下相接。

②巢莺：莺筑巢。

③平波卷絮：柳絮飘落到湖面，被卷入水中。

④断桥：又名段家桥，在杭州西湖白沙堤东，里湖和外湖之间。

⑤堪怜：相当可怜。

⑥西泠：桥名，又名西陵桥、西林桥，也在西湖，将里湖、外湖分开。

⑦当年燕子：化用唐朝刘禹锡《乌衣巷》诗：“旧时王谢堂前燕，飞入寻常百姓家。”说明昔时的贵族已经没落。

⑧韦曲：在长安城南，唐代韦皇后的娘家所在。

⑨斜川：在今江西星子县境内。

文意解读

黄莺在浓密的树叶间筑巢，柳絮在平静的湖面上飘落，斜阳照着断桥处归乡的小船。还能春游几次？赏花要等到明年了。春风姑且陪蔷薇留下吧，因为等到蔷薇开花时，春光已经将要逝去。更凄楚不堪的是掩隐在万绿丛中的西泠桥畔，昔日的繁华热闹已不见，现在只留下一抹荒凉的轻烟。

当年栖息在朱门大宅的燕子如今不知飞到哪里去了？往日的风景名胜，如今处处长满苔藓，荒草掩没了亭台栏杆。就连那些清闲的鸥鸟，也添了新的愁苦。我无心重温旧梦，只是掩紧自家的层层大门，喝点儿闷酒独自闲眠。请不要拉开窗帘，我怕看见落花，更怕听见杜鹃的悲啼。

图书在版编目(CIP)数据

唐诗宋词三百首/郭漫主编. —北京:航空工业出版社, 2010.4(2016.6重印)

ISBN 978-7-80243-458-5

Ⅰ.唐… Ⅱ.郭… Ⅲ.①唐诗—选集 ②宋词—选集 Ⅳ.I222

中国版本图书馆CIP数据核字(2011)第147073号

唐诗宋词三百首

Tangshi Songci Sanbaishou

航空工业出版社出版发行

(北京市朝阳区北苑2号院 100012)

发行部电话:010-84936597 010-84936343

北京博艺印刷包装有限公司印刷 全国各地新华书店经售

2010年4月第1版 2016年6月第5次印刷

开本:787×1092 1/16 印张:12 字数:280千字

印数:35001—38000 定价:25.80元

部分图片由于无法与原作者联系,稿酬未能寄达,敬请谅解!请及时与我们联络。

如有印装质量问题,我社负责调换。